JN104350

大江戸ぱん屋事始

大平しおり

角川文庫
24099

目次

第一章　花と揚げ菓子

一

　昼間はすっかり春めいていたのに、埃《ほこり》とともに頬をぶってくる夜風は、空から誰かが団扇《うちわ》でもあおいでいるものかと思う。風神様か、お釈迦《しやか》様か——うっかり雲間に描いてしまった月よりも大きな顔を振り払いながら、喜助《きすけ》は歩みを進めた。

　日本橋音羽町《にほんばしおとわちよう》の勤め先から、届け物の重箱を提げて京橋《きようばし》に差しかかる。どこぞのお武家から漂ってきたものか、甘い桜の香りがふと風に混ざった。

「花見の季節ですねえ」

　付き添いの小僧、新太《しんた》にそう言われて思い至った。

「ああ」と微笑みはしたが、老舗《しにせ》油屋「樺屋《かばや》」に奉公して二年目の新太はもちろん、もうすぐ十年になる喜助にも、それは望むべくもない。日々の精勤のみが求められるお店者《たなもの》にとっては、決められた藪入《やぶい》りのときだけがほんのわずかな息抜きだ。もっとも、喜助は今年叶《かな》ったはずの実家への初登りを、勤めに励みたいからと断ってしまっていたが。

京橋の向こうの銀座町《ぎんざちょう》には、さまざまな食べ物の気配が濃く漂っている。炊きての飯、煮物や吸い物、そして魚を焼く匂いと、包丁や器の音。料理屋が多いから当然だが、これが両国橋《りょうごくばし》の広小路ともなると、魚や豆の煮売り、揚げたての天ぷらに蕎麦《そば》、江戸前の握り鮨《ずし》……あらゆる屋台と香気が揃っている。夏には鰻《うなぎ》の蒲焼《かばや》きが香ばしく誘い、勤めの掛取り中であってもふらふらと歩み寄りたくなる。

だが、今日はとてもそのような気になれそうもない。

新肴町《しんさかなちょう》の料亭に着き、目的の部屋の襖《ふすま》を少しだけ開くと、中から宴《うたげ》の音と光が溢《あふ》れ出てきた。今日は樺屋が、近在の上得意を招いての接待——という体《てい》だが、本当は番頭たちがとあるお祭り騒ぎに乗りかかりたかったからにすぎない。芸者もいつもの倍は呼び、三味線と鼓の音がうるさいほどだ。

「あの、手土産の菓子を——」

お持ちしました、と喜助が言う前に、二階の廊下をどやどやとやってくる者たちがあった。大皿を両手で捧《ささ》げ持つようにしたこの見世の主人と、徳利《とっくり》やら小皿がのった盆を手にした女将《おかみ》、奉公人たちだ。

喜助たちの姿など目にも入らないらしく、一同はその勢いのまま宴席へとなだれ込んでいく。しかたがない。喜助はいかにも使い走りの手代という恰好《かっこう》の、藍縞《あいじま》の着物と単羽織だし、引っかかりのないつるりとした顔が幼く見えるようで、今年二十一歳なのにいつも十七、八に間違われる。

「さあさ、お待たせいたしました！　今春初の、江戸前の鰹《かつお》でございます。みなさまどうぞご賞味くださいませ」

主人の声とともに、ワッと歓声が沸く。またか、と思った。江戸での初鰹騒ぎは毎春のことだが、喜助はこれを目の当たりにするたび辟易《へきえき》してしまう。一月も待てば値は何十分の一にも下がるのに、初物ともなれば二両、三両は当たり前なのだ。それを、上はご公儀から下は長屋の棒手振《ぼてふ》りまで、血相を変えて奪い合っている。

喜助が十五で元服した年、ようやく初めての給金が出たが、それが年三両だった。まだ十三の新太はすべてお仕着せで、一文ももらっていない。それでも、大店である樺屋の手当は厚いほうだとは思う。番頭にまで出世すれば、こうして初鰹まで口にできる。

「おう、喜助。ご苦労だったな」

鰹を囲んでひととおりの挨拶《あいさつ》や祝辞が行き交い、見世の者たちも出ていくと、またもとの宴会が戻ってきた。そこでようやく番頭の一人、鯰《なまず》顔の六兵衛《ろくべえ》が喜助たちに気づいてくれた。えらの張った平たい顔に、真ん丸の目玉がくっついている。喜助から約束の風呂敷《ふろしき》包み——中の重箱にはえらく高価な生菓子が入っている——を手渡されると、酒で顔を赤くしながら冗談めかして言った。

「どうだ、喜助。おまえも初鰹を食べていくか」

はい、と言ったところで、本当に食べさせてくれるはずもない。大皿に盛られて大根おろしと茗荷《みょうが》で飾られたあの赤身は、小判と同じなのだ。

「いいえ、手前には不相応ですから」

一応、微笑んで辞退したつもりだったが、表情か声に不快が滲《にじ》んでしまったかもしれない。いつもなら聞き流して襖を閉めるはずの六兵衛が、「そうか？」と言葉を継いできた。

「本当はありつきたくて、ずっとそこの陰で様子をうかがっておったんではないか？　ほかの手代や小僧どもに自慢できるからな」

「いえ、めっそうもございません」

ふだんなら、ここ十年で養われた忍耐で喜助は黙ったはずだった。だが、宴席のそこかしこで、手つかずのまま放っておかれている膳《ぜん》が目に入り、ついつい言ってしまった。

「ただ……食べ物たちが哀れとは思います」

「なに？」

「あ、いえ、申し訳ございません」

ハッとして、喜助はすかさず頭を下げた。手代の分際で、上役である番頭に言いすぎだった。それもこのような場で。悪いことに、六兵衛は生え抜きの番頭から選ばれる四人の年寄役の一人でもある。これは店主に次ぐ立場だ。自分もまた初鰹のお祭りで気が緩んでいるのかもなと、喜助は脂汗とともに考えた。

「番頭さん」と、そこで六兵衛が誰かに呼ばれた。なにか言いかけていた番頭は、すかさず得意のえびす顔に戻ると、ぴしゃりと襖を閉めて賑《にぎ》やかな場へと戻った。

「ああ……まずかったなあ」

勤め先への帰途、喜助は大きくため息をついた。真面目なのが取り柄と自分で思っているが、細かいこともずいぶん気に病んでしまう。せっかく手代に出世できたばかりだというのに、これでは十二人の番頭に仲間入りすることは一生叶わないだろう。仕事は人一倍できるが執念深い、と噂の六兵衛に生意気を言ったのも悪かった。とはいえ――。

「新太。出は奥州《おうしゅう》だったね？」

後ろを早足でついてくる小僧に声をかけた。「へい」とまだ声も変わる前の朗らかな返事がある。

「喜助さんと同じ、南部《なんぶ》家のご領分でございます」

樺屋の奉公人には、大きく分けて二つの出自がある。江戸で採られた者と、地方の者。どちらも主《あるじ》の家とのつながりで集められ、商家や農家の次男、三男が多い。寺子屋を出た十一、二歳で十人ほど集められた同門ともいうべき仲間たちは、見込みがなければ一年で半数が国元に返される。それからも病を患ったり、仕事や生活の上で過ちを犯したりで、十年で二人にまで減ってしまった。仲間うちで手代になれたのは喜助一人だ。

「新太は盛岡《もりおか》だったか。わたしは海のほうでね、宮古通《みやこどおり》の三雲《みくも》という小さな村なんだが……」

森に囲まれ、はるかに海を見渡す崖《がけ》上の村。そこから日没の方角へ分け入れば、仙境のごとき山が延々と続く。熊や狼が住まうその地をやっと越えると、繁華なる城下町、盛岡だ。喜助は十年前、同じような子供たちとともに口入れ屋に連れられそこから奥州道中に入り、半月ばかりかけて江戸へ上った。

「魚は獲《と》れたけれど、初鰹のような大騒ぎとは縁のない村だ。魚は海の神様からの恵みだし、獲りすぎては数が減るというので、みんながそれを守っていた。米の不作も多かったから、粗末にすることには慣れぬのだよ」

利発な新太は、「わかります」と頷《うなず》いた。

「手前の村でも同じようなものでした。江戸では食べ物があり余っていますし、吝《け》嗇《ち》は無粋ということですから、考えが違うのでしょう。たくさん銭を遣えばそれが巡って世の中を良くすると、以前《まえ》に喜助さんも言っておられました」

ああ、と喜助は微笑んだ。

「そのとおりだ。世の中が豊かなら、飢える人も少ないということなのだから」

でも――。喜助はその先の言葉を呑み込んだ。

鰹だけではない。鮎《あゆ》、鮭、鱈《たら》にあんこう、雁《がん》や鴨。茗荷に松茸《まつたけ》、りんご、梨。

いま――文化《ぶんか》二年（一八〇五）の江戸ではあらゆる初物がありがたがられ、出初めには恐ろしいほど値がつり上がる。そのために、ご公儀によって売買開始の時期が定められているほどだ。もっとも、それがかえって人々の欲を煽《あお》るようだが。

なにも、喧嘩《けんか》して奪い合っているわけではない。金のある者がそれを買い、楽しんで食べているだけだ。作り手はそれなりの代金を受け取るわけだから、そのぶん漁村や農村は豊かになる。誰も困らないどころか、みな幸いなはずだ。

けれど、さきほどの酒宴で見た膳のように、狂騒の陰で誰からも顧みられずにただ捨てられていく食べ物に、一抹の苦さをおぼえるのは自分が狭量だからだろうかと、喜助は考える。いくら野良犬の食事か肥料になるからといっても、快くそれを見送ることはできない。一方では小判と同じように拝まれ、一方では目にも入らない。同じ席にある食べ物に、なぜこれほど差が生まれるのか、喜助には不思議でならなかった。春先、みなに喜ばれ、風流だなんだのと騒がれる花と、誰にも気づかれずひっそりと地を這《は》う花とがあるように。

二

翌朝。いつもどおり支度し、空の明るみとともに喜助が店表《たなおもて》へ向かうと、五、六人の手代たちがなにごとか話し合っているところだった。

その輪の中心には、鯰に似て平たい顔の六兵衛がいる。誰ともなしに喜助に気づくと、みながいっせいに振り返り、能面のような目をよこしてきた。喜助はぎくりと足を止める。

「おお、よいところに」

六兵衛がことさら明るい声音で喜助を呼んだ。

「じつはな、昨日おまえから受け取った手土産の菓子、あれが七人分に一つ足りなかったのだ。だが、いましがた勘定方に確認したら、証文の額は七人分で合っておると言う。どういうことかおまえに訊《き》こうと思ってな」

そう言われても、喜助にはさっぱりわけがわからない。

「はい。確かに七人分を菓子屋から受け取り、いつもの習いで掛けにしてもらいました。証文も昨晩帰ってすぐ勘定方に渡しております。数は確かに受け取った見世先で改めましたので、相違ないはずですが」

「そうだな。菓子屋が嘘をつくはずもない」

六兵衛の言い方には妙な棘《とげ》があった。

「つまりな、昨日初鰹《はつがつお》の宴席を、指をくわえて見ておったおまえが、魔が差して菓子を食べなかったか、ということなのだ。しばらく廊下でこそこそしておったろう」

「な、なんと……」

喜助は心底驚き、声を上擦らせた。

「こそこそしておったわけではございません。宴席が盛り上がっておりましたし、鰹の皿も来ましたので声をかけかねて待っておっただけでございます。まさか、料亭の廊下で菓子を盗み食いする者など、この樺屋におるはずもございません」

「そうだな。かようなことをすれば、樺屋の者ではなくなる」

番頭の声は穏やかだが、細められた目は冬景色のように寒々しかった。

ついに……ついに自分の番が来たかと、喜助は背筋が冷えていくのを感じた。

樺屋ではままあることだった。じかに暇《いとま》を出せば角が立つからなのか知らないが、番頭連中が気に食わない若手をじわじわ追い詰め、見世を辞めるまで追い込む。番頭の下につく手代たちも、自分がやられてはたまらないので、ある者は取り巻きになって加担し、ある者は知らぬふりをして火の粉をかぶらないようにする。喜助は知らぬふりまではしたくなかったが、しょせん番頭の力には及ばない。止められずに何度も悔しい思いをしてきた。

とはいえ、そのようなことが自分に起きるはずはないと、喜助はこれまでどこかで思っていた。嘘をつかず、誠実に、人のために役立とうとしてさえいればと。

どこでどう間違えたのか、しかし六兵衛は喜助を疎んじている。心当たりはあった。昨晩の宴席でのやりとり。きっとそれだけではない。もしかして宴会のたび、たっぷりと残される食べ物に喜助が虚《むな》しい目を送っていたことに、番頭は勘づいていたのかもしれなかった。そしてそれはきっかけの一つにすぎず、長年にわたって小さな違和が雨粒のように溜《た》まっていって、ついに器から溢《あふ》れたのだろう。人の役に立ちたいという喜助の心さえ、空々しいものと侮蔑《ぶべつ》されていたような気さえする。

「さようか。ならば、新太が食べたと申すのか？」

六兵衛は、あの利発で朗らかな小僧の名を出した。喜助の体がこわばる。

「隠し立てするとろくなことにならんぞ。申し開きは年寄役たちと、幸右衛門《こうえもん》さまの前ですることだな」

三

揚げたての鰆《さわら》の天ぷらを、傍らに腰かけた友人、清吉《せいきち》が大口で頬ばっている。串《くし》に刺した身からはふわりと湯気が立ち昇った。

「うん、うまいぞ。喜助も冷めないうちに食え」

「ああ……」

開け放たれた戸の向こうには、神田川《かんだ》の土手上に植えられた柳が見える。新緑を芽吹かせた枝が、朱の混じる日射《ひざ》しに気持ちよく揺れているのを、喜助は錦絵《にしきえ》か芝居の中のように遠く感じていた。

「おい、なに暗い顔をしていやがる。せっかく十年ぶりに気ままな身の上になれたんだ。もっと楽しめ」

僧形風に剃髪《ていはつ》し、黒衣を着崩したこの友人は、一応医者——の見習いだ。

喜助が小僧のころ、樺屋の店表で客が急に倒れたことがあった。医者を呼んでこいと走らされた喜助だったが、まだ入りたてだったので、町の名を聞いても方角がわからない。そんなところに往来からたまたま騒ぎを聞いて駆けつけたのが、清吉の師である言藤春斎《ごんどうしゅんさい》だ。客は、夏場の熱さが体内に溜まってしまい霍乱《かくらん》を起こしたということで、体を冷やし、水と味噌《みそ》を与えて休ませると恢復《かいふく》した。

これをてきぱき指示した、白髭《ひげ》の春斎先生の後ろにくっついていた小坊主——頭を丸めていたので喜助にはそう見えた——が、この清吉。昔から誰彼かまわず馴《な》れなれしくするのが彼の得意技なので、同じ年ごろの喜助にも遠慮なく話しかけてきた。

聞けば、清吉も国元の越後長岡《えちごながおか》から出てきたばかりらしく、喜助にも同じ空気を感じたのだという。椊屋は油の原料である荏胡麻《えごま》や菜種なども扱っているので、いつしか春斎先生の家に薬種としてそれらを届けるのが喜助の役目となった。そこで喜助を引き留め、茶を出して世間話に興じたのが清吉で、江戸で初めてにして唯一できた友人ともいえる。

その清吉がいる春斎先生の家に、「仕事を辞めた」と喜助が挨拶《あいさつ》に行ったのが今日の昼すぎ。自分の言葉にただ呆然《ぼうぜん》とするばかりの喜助に、清吉はあっけらかんと「遊びに行こう」と誘った。

倹約のため、喜助は勤め先から与えられた木綿の単衣《ひとえ》や羽織以外には、私物を下着と小物くらいしか買っていなかった。支給品は退職とともに返したので、奉公するときに実家から持ってきた古い柿渋色の野良着しか着られるものがない。清吉はそんななりの喜助を古着屋まで連れていき、消炭色の小袖《こそで》と、黒木綿の帯を見立ててくれた。

そこへ、妹が昔くれた根付――魚網を編んで輪にした質素なもの――を挟めばずいぶんそれらしくなったが、まだ清吉の気は済まなかったらしい。喜助の腕を取っていそと連れてきたのが、両国広小路から神田川沿いにしばらく歩いた先にある小料理屋、「ゐの屋」だ。

ここは、喜助も油を届けに何度か訪れたことがある。寡黙な主人が川に面した屋台で天ぷらを揚げ、隣り合うこの見世に届けてくれるため、客は小上がりや床几《しょうぎ》でゆっくり食事と酒を楽しめる。防火のため、天ぷらは屋台でしか営業を認められていないから、このようなかたちになったらしい。小料理屋のほうで、総菜作りから勘定までこなすのは娘のおりんだ。

「いまならほかに客もおらん。どうして辞めることになったのか、話してみろ」

小上がりに腰かけた清吉が、隣の喜助にぐっと身を寄せてくる。ほかの屋台や居酒屋ではゆっくり話せないので、わざわざ静かな見世を選んでくれたようだ。喜助は気恥ずかしさと情けなさが入り混じったどうしようもない気持ちで、昨夜の初鰹騒ぎから話した。

「……それで、菓子の包みが足りなかったと言われたのだが、本当にそうならすぐにわたしが呼び戻されるか、番頭さんにくっついていった小僧が見世に駆け込むはずなのだ。手土産が足りないなんて一大事、お店《たな》の恥なんだから。だけど、昨夜はそんなこともなかった。新太がその場にいた小僧に尋ねてみたそうだけど、とくに騒動など起こってはいなかったと言っていたらしい」

ならば、菓子は滞りなく全員に配られたのだ。だがそれをおずおずと番頭に訴えても、「騒ぎにならぬよう、うまく収めたのだぞ」と取りつく島もない。

このままだと、番頭に脅された小僧が、「喜助と新太が盗み食いをしているのを見た」とでも言いだしそうな空気だった。両親《ふたおや》が流行《はや》り病で死に、兄が弟妹の面倒を見ていると話していた新太を、国元からはるか遠い江戸にむざむざ放り出すわけにはいかない。騒ぎが大きくなるのを恐れた喜助が、自分から退職を願い出た。

四十路《よそじ》に近い三代目の店主、幸右衛門は、奥座敷で年寄役たちに両脇を挟まれ、居心地悪そうにしていた。樺屋には百人を超す奉公人がいるので、喜助は話したこともない。

もともと大の芝居好きで、一時期家を飛び出して浅草《あさくさ》あたりの芝居小屋に入りびたっていた人だ。色白で目元が涼やかだから、兄が若くして病死しなければ、そのまま役者になっていたかもしれない。身が入らぬまま父である二代目の下で学んでいたようだが、その父も急死し、一昨年《おととし》慌てて跡を継いだ。

思えば、樺屋の風通しが悪くなったのはそのころからだ。重石《おもし》になっていた先代の目がなくなったからか、それとも頼りない若旦那《わかだんな》を助けようと気張ってのことか、上役たちがずいぶんと幅を利かせるようになった。三年に一度の年寄役交代も理由をつけて行われなくなり、やたらと手代が辞めさせられたので、常に人手が足りない。喜助が手代に昇れたのもその穴埋めの一つだ。

「そういうことなら……しかたないね」

まるでお白洲《しらす》の罪人のごとく、奥座敷の手前にぽつんと座らされる喜助を見つめながら、店主は歳のわりにやや甘ったるい声で言った。無理に作ったような渋面をしている。

言い淀《よど》んだ少しの間《ま》には、「よくわからんが」とか、「番頭たちが言うから」が入ると喜助は思った。

しかし、それよりも喜助が耳を疑ったのは、次に主《あるじ》の口から出てきた言葉だった。

「せっかくいい話があったんだがね、残念ながらなかったことにさせてもらうよ」

いったい、なんのことかと喜助は訝《いぶか》った。不憫《ふびん》そうに——けれどもどこかわざとらしく——六兵衛が教えてくれなかったら、知らぬままで辞められたのだが。

「おまえに縁談があったのだ。ゆくゆく番頭になるときにでも、という話だったが」

「……はい……？」

呆《ほう》けたように訊《き》き返してから、喜助は樺屋の伝統について思い当たった。

樺屋では、番頭になったら所帯を持つことが許され、外に借りた家から通うこともできる。早くて三十歳ごろからだろうか。だが、江戸は独り身の男ばかりだし、樺屋も台所衆から勘定方まで全員が男だ。小僧時代からお店で暮らして働きづめなので、たいてい相手の心当たりなどない。

そこで、手代が番頭になる目処《めど》がつくころに、お店を通して縁談が持ち込まれる。相手は決まって大口の取引先の娘か親戚《しんせき》筋。そのまま婿となって相手方に入る者もいると聞く。ようは、取引先と見世ぐるみで縁戚《えんせき》を築いてしまい、売り上げと商売の手を広げていこうという考えなのだと思う。お店から縁談を持ちかけられるのが、身寄りが遠くに住み、縁も薄い地方の出の者ばかりなのも頷《うなず》けた。そして、喜助もそれに当てはまることになる。いや、今日まではのこと、か。

「そうですか……」

すべてを察した喜助は、いろいろと言いたいことをすべて呑《の》み込んで俯《うつむ》いた。相手はどんな人ですか、などと訊いてみたところで、虚《むな》しくなるだけだ。番頭たちが陰でもの笑いの種にするだけだろう。

縁談など、まったく望んでもいなかった。よけいなことをされて勝手に取り下げられたみじめさだけが、じわじわと足もとから這《は》い上がってくる。はなからなにも言われないほうがよほどよかったのに。

十年勤めてこの仕打ちか、と思った。なんのために、はるばる江戸まで出てきたのか。憎まれ口を利く気力も湧かない。ただ、肚《はら》にずしりと重石のような悲しみを抱え、「お世話になりました」とだけ言ったのだ。

すべて話した喜助は、清吉にばしりと背を叩《たた》かれた。

「気にするな!」

「よく知らん相手と所帯を持たなくてよかったじゃねえか。だいたい、おまえが番頭になるのなんて何年後だ? 十年後の縁談をいまから打ち合わせているのがおかしいんだ。となると、相手はよっぽどのガキか、ほかに縁談もないわびしい女だぜ。そんなの相手にしてもしょうがねえだろ」

「それはまあ、そうだが……」

そういえば、清吉は近所の三味線の師匠へ熱心に文を出していたということだが、どうなったのだろうか。樺屋に向けた清吉の怒りには、自分の恨み言もだいぶ重なっている気もする。

そんなことを思っていると、新しい皿が運ばれてきた。

「はい、貝柱と三つ葉のかき揚げと、こっちは菜の花のおひたしね」

看板娘のおりんだ。ここの主人は仏頂面にねじり鉢巻きで、地蔵のように黙って天ぷらを揚げているが、この一人娘は真反対によく動き、よく笑っている。年齢は喜助や清吉と同じくらいだろうか。春の野を思わせる刈安色の小袖《こそで》を襷《たすき》がけにし、はっきりした目と唇、そして花のように染まった頰が元気そのものだ。

「あら喜助さん、まだ天ぷら食べていないの？　どこか具合でも悪い？」

「ああ、いえ」

心配そうに顔を覗《のぞ》き込んできたおりんと目を合わさないよう、喜助は慌てて俯く。

この親子は、一応樺屋のお得意様でもあるから、何度か話したことはある。さきほど退職の挨拶《あいさつ》も済ませた。とはいえ、客として訪れたのは今日が初めてなので、少しそわそわする。天ぷらなら出先の屋台でちょっと小僧と食べるくらいは許されていたけれど、友人とゆっくり呑みながら食べるのも初めてのことだ。もっとも、喜助は下戸なので煎茶《せんちゃ》だが。

「いただきます」

あまり心配させてはいけないと思い、つゆをつけた鰆《さわら》の天ぷらを口に入れると、思いのほかふんわりと柔らかかった。あっさりした魚の味と、揚げ油であるごま油、そして出汁《だし》醬油《じょうゆ》の風味もよく合っている。その勢いでかき揚げを頰ばると、揚げたての衣がさくっと音を立てる。磯の香り、そして三つ葉の苦みと匂いが通り過ぎていった。

「うまいです。春の風のようだ」

喜助が笑みを浮かべると、「よかった」とでも言うようにおりんも口元をほころばせた。

「それで、喜助さん。これからどうするの？」

そのまま立ち去るかと思っていたのに、おりんは喜助の前に屈《かが》み込んでそんなことを訊いてきた。不意のできごとに、喜助は飲みかけたお茶にむせそうになった。

「えっ？ そうですね……。とりあえず、なにか食べ物を商おうと思っているんですが……」

「あら、国元には帰らないの？ 北のほうって聞いたことがあったような」

おりんは痛いところを突く。喜助は背を丸めて気まずく話した。

「ええ。奥州ですが、遠いですし、江戸で商人《あきんど》としてきっと成功すると言って出てきたもので……」

平たく言えば、帰りづらい。実家は半農半漁で、頼めばしばらくは置いてくれるだろうが、それ以上の余裕はないし、そもそも豊かなら江戸に出てこなかった。次の仕事が落ち着くまでは、樺屋を辞めたことも知らせないつもりだ。

「そうなの……」

喜助の先行きは傍目《はため》にもよほど案じられるらしく、おりんが少し困ったように眉《まゆ》を寄せている。

「平気さ。こいつ、貯め込んだ給金がたんまりあるんだから」

清吉がからかってくる。

「おいおい、そんなにあるわけないだろう……」

「天下の樺屋なんだから、町医者の見習いよりはあるだろ。昔、年三両って言っていたな？　それから徐々に上がっていくし……十両ほどは残っているか？」

当たっていた。衣食住は与えられていたが、こまごまとした私物は買う必要があったし、給金がない小僧たちにもなにかと奢《おご》っていたから、これ以上は貯めようがなかった。

「いまはだいたい一両が六千五百文か。それが十倍、米にすれば十石だ。おまえ一人で十年は食っていける」

また清吉がつまらない軽口を叩く。喜助は横を軽く睨《にら》んだ。

「米だけ食らって生きられるわけもないだろう。家や着物はどうするんだ。次の仕事を立ち上げる元手にもするつもりなんだから、足りないくらいだよ。見世を構えるなら株を買うこともあるだろうし」

「そうそう、慎重に遣わないと」

いつしか、おりんまでもが盆を抱えたまま、喜助の隣に腰かけている。

「でもね、いきなり見世を構えるなんて無茶よ。たしかに町場にはちょくちょく空きが出るけれど、そういうところは店賃《たなちん》が安くても裏店で便が悪かったり、逆にかち合う見世が近くにあったりするみたいだし」

「はあ、ちゃんとわけがあるんですね」

「そう。うちもおとっつあんが場末の屋台から始めたもんだから、苦労を少しは聞いてるの。まあ、かといって棒手振《ぼてふ》りもなかなか難儀みたいだけれど」

「え、そうなんですか」

江戸では朝から晩まで、あらゆる商品が棒手振りたちによって商われている。まずはそうやって野菜でも売ってみるのもいいか、とぼんやり思案していた喜助は、当てが外れてがっかりした。蘊蓄《うんちく》を好む清吉が口を挟んでくる。

「棒手振りは昔、災害後の弱い者のお救いという面があったから、子供や病人、老人に優先的に鑑札が与えられていたらしい。最近じゃ、そんなものはあってないようなもんだが、江戸ではどこでも親方が仕切っているから、まずはその人に挨拶して、許可を得て始めさせてもらう必要があるだろうな。親方によってはいくらか上がりを集めるらしい。お店者よりは格段にゆるいみたいだが、家賃や仕入れ代だってかかることを考えれば、実入りは小さいだろう。一日百文か、二百文か……」

「そんなものかあ……」

大店を辞めてしまったので、それ以上の実入りなど望んではいなかった。だが、次の一歩をどうするかによって、将来が大きく変わってしまいそうだ。

「江戸で成功するのは大変ねえ」

なにげなく漏らしたおりんの言葉が、喜助の胸に刺さる。そこへほかの客が入ってきて、「はい、いらっしゃい」とおりんは勢いよく立ち上がった。

「あ、まずい」

その背中越しに暮れなずむ外を見たとき、喜助は大変なことに気づいてしまった。

「今日の宿、決めていなかった。このへんに安い木賃でもあるかな……」

「なにを言ってるんだ」

お猪口《ちょこ》を持ったまま、清吉がきょとんとしている。

「言わなかったか？　今夜はおれの部屋に泊まれ。明日、長屋を探そう」

「いいのか？」

清吉は師である春斎先生の住まいに、四畳半の部屋を書物に埋もれさせながら巣くっている。

とりあえず喜助はほっとしたものの、清吉も師の代診を任されるなど、忙しい身の上だ。いつまでも甘えるわけにはいかない。

「大丈夫だ。じつはな、おれは来月から長崎に医術を学びに行くことになっているんだ。そうと決まったら春斎先生、早々に新しい弟子を取りやがった。おれはお払い箱さ。人手は足りているからおまえは勉学に励め、とさ」

「へえ、長崎かあ」

それは大変な名誉ではないか。春斎先生の鷹揚《おうよう》な人柄によるところも大きいのだろうが、なにより清吉への期待の表れということだ。ふだんは軽口と蘊蓄ばかり喋《しゃべ》っている男だが、これでなかなか将来は立派になるのかもしれない。

だが、そう思ったのも束の間、清吉はそれから流行《はや》りの芝居の話をしはじめ、芝居のもとになったという曽我《そが》兄弟の仇討《あだう》ち、その舞台である富士《ふじ》のふもとに咲く珍しき花へと話題は転変していった。酒が入るとこの男、饒舌《じょうぜつ》に羽が生えて天まで駆け上るらしい。本草学、化け物の噂、そして化け物みたいにきれいな三味線の師匠への恋と恨みをひとくさり語ったあと、清吉は後ろ向きに畳へばったりと倒れ、ぐうぐう眠りはじめた。黒衣の腿《もも》がはだけ、血のように鮮やかな襦袢《じゅばん》が覗《のぞ》いている。顔も性格も派手だと思っていたが、とんだ傾奇《かぶき》者だ。

「本当に勉学に励んでいるのか？」

訝《いぶか》しみながら、喜助ははだけた着物を直してやる。そこに、ようやく客あしらいが落ち着いたらしいおりんが近寄ってきた。

「ずいぶん楽しそうだったじゃない」

微笑みながら、盆にのせた小皿を何枚か置く。その中の、見慣れない一つの料理に喜助は目を留めた。

「これ、なんですか？」

寸時、白魚の天ぷらかと思ったが、それにしては少し大きい。曲がりくねった短い箸《はし》のような揚げ物に、塩が振ってある。

「ああ、うどんを揚げたものよ」

なるほど、正体を知れば別段おかしなものではない。一本食べてみれば、薄い衣をまとった揚げたての麺《めん》は、うどんの食感も残っていて存外柔らかい。

「ほら、天ぷらの衣にはうどん粉——小麦粉を使うでしょう？　その余りを麺にして揚げただけなんだけど、忙しい合間につまむのにちょうどいいの」

「うまいですね。食べやすいし」

煎茶《せんちゃ》のおかわりとともにつまみながら、喜助はふと思いついた。

「もしかして……これを棒手振りで商えば、長屋のおやつなんかにちょうどいいんじゃ……」

「あら、いいじゃないの」

おりんも面白そうに頷《うなず》いた。「これなら持ち運びしやすいし、ほかに売っているのも見たことない。子供が喜びそうだしね」

「味も、砂糖に替えれば……いや、塩と砂糖、どちらも用意して選べるようにするとか」

「楽しそう。喜助さん、商いの才があるじゃない」

おだてられて、喜助は我に返った。

「いや、すみません。おりんさんの料理なのに、適当なことを」

「なに言ってるの」と、おりんは喜助の背をぽんと叩《たた》いた。

「私の料理なんてことはないのよ。天ぷら屋とうどん屋なら誰でも考えそうなことだし」

「じゃあ、やってみても――」

「いいに決まってるでしょ。作り方、はじめはわからないだろうから教えてあげる。いつでも言って」

前向きなおりんの言葉に、喜助は不安の霧が少しずつ晴れていくのを感じた。突然仕事も暮らしも失って、さらには望んでいなかった縁談も勝手に進められたあげく取り下げられて。裸一貫どころか穴の中から這《は》い上がらねばと思っていたのに、清吉とおりん、心強い味方がいてくれた。

「ごちそうさまでした」

帰り際に清吉を起こしたが、まだ半分夢の中のようで千鳥足だ。これでは川か堀に落ちると思い、片方の肩を担いで歩きはじめた。

「またどうぞ」

おりんは外までついてきそうだったが、新しい客が入ってきたので喜助は手で制し遠慮する。

ゐの屋の外には、春の夕景色が広がっている。穏やかな藍《あい》に変じつつある空が、藤紫と橙色《だいだいいろ》の光を西にひと刷《は》け残す。もうすぐゐの屋は見世じまいだ。柳も心なし眠たげに揺れている。

「お気をつけて」

見世先の屋台で、無言で天ぷらを揚げ続けていた親父が声をかけてきた。喜助は頭を下げながら、清吉を引きずって歩き去ろうとする。その背へ、思いもよらぬ言葉がかけられた。

「おまえさんの縁談相手はね……うちのりんだったんですよ」

「……えっ？」

とっさに話が呑《の》み込めなかった。喜助は凍りつき、長身の清吉を地面に落としそうになった。

だが、親父はそれ以上なにも言わない。暗がりの中で、岩のようにいかつい顔、そして眉間《みけん》に刻まれた深い皺《しわ》が油皿の灯《ひ》にぼうと浮かび上がっている。喜助のことはもう路傍の石か枯れ葉のごとく、いるともいないとも感じていない様子だ。黙々と天ぷらを揚げる小気味よい音だけが、夕暮れの川べりに響いていた。

立ち尽くしながら、喜助は考えた。なるほど、ゐの屋は小さい見世ではあるが、油を使い回さず、質のいいごま油を惜しみなく用いている。樺屋では使い終わりの油を集めてもいるので、喜助はそれを知っていた。つまり、それなりの上得意先ということだ。ゐの屋は、樺屋がよく開いている軽薄な接待にも出てきたためしはなく、手土産もあまりに高価なものは受け取らない。とすれば、次に樺屋が持ちかけそうな話は――。

「うちによく回ってくる、あの真面目そうな手代なら許すと言ったんです」

ふいに夕闇から親父の声が聞こえた。いつもの、呟《つぶや》くような押し殺した声が、いまばかりは地獄からの沙汰《さた》のように響く。

真面目そうな手代とは、もしや。

「もっ、申し訳ございませんでした」

喜助は地面に這いつくらんばかりの声で詫《わ》びた。実際にそうできなかったのは、清吉を支えていたからだ。そういえば、この男はさきほどなにか言っていなかったか？　相手はよっぽどのガキだとか、ほかに縁談もないわびしい女だとか……。

まさか、聞こえていたのか？

とても口に出せることではなく、喜助はししおどしのごとく頭を上げ下げするよりない。腫《は》れぼったい顔をした目の前の親父が、地蔵どころか不動明王に見えてきた。

じゅわあっと、大きめの具材が油に入る音がする。菜箸《さいばし》をツと持ち上げ、親父は唇も動かさずに言った。

「りんは知らないこってす。あいつは昔から嫁に行く気も婿を取る気もねえですから、十年後ぐれえならその気になっているかと思っただけで」

「いや、あの、その」

「あいつが来ると面倒だ。行ってくださいよ」

わたしも知らなかったことなので、とか、さっきの悪口はこの男が、という言い訳がぐるぐると渦巻いたが、結局なにを言っても藪蛇《やぶへび》だと思い直した。喜助は悄然《しょうぜん》として清吉のねぐらを目指す。春の夜風が、ずいぶんと目にしみた。

四

翌朝、不忍池《しのばずのいけ》を眺める池之端仲町《いけのはたなかちょう》の住まいで目覚めた清吉は、昨夜のことをろくに覚えていなかった。

「喜助、どうしておれの部屋にいるんだ?」から始まったので、喜助はがっくりと肩を落とすしかない。それでも話すうちに喜助の身に起こったことの半分くらいは合点がいったようなので、これ以上は放っておくことにした。幸い、店主との会話も聞いていなかったか忘れたようだ。思い出されたらまずい。

白髭《ひげ》の春斎先生と新弟子に朝の挨拶《あいさつ》をし、麦飯とたくあん、蜆汁《しじみじる》の朝餉《あさげ》をご馳走《ちそう》になると、喜助は清吉に連れられて外に出た。今日は長屋を探すのだ。

「で、どこに住む？」

今日の飯はなんにするか、という調子で清吉が問うてくる。そんなにやすやすと決められれば苦労はない。

「次の仕事は、揚げ菓子を売り歩くことにしたんだ。だから、人がたくさん住んでいる町がいいかな」

喜助がそう告げると、その話を知らない清吉は驚いた。

「もうそこまで決まっているのか」

「おまえは寝ていたからな。おりんさんに知恵を授けてもらった」

「へえ、おまえもなかなかやるねえ」

からかい口調ながら、清吉もそれなりに考えてくれているようだ。

「人が多い場所といっても、いろいろあるぞ。商いで賑《にぎ》わうのはなんといっても日本橋だろうが、町方の長屋がひしめくのは八丁堀《はっちょうぼり》や新橋《しんばし》のあたりだし」

「日本橋の界隈《かいわい》はやめておくかな。やはり少し気まずいから……」

自分のあやまちではないと喜助自身は知っているが、樺屋の面々にどんな顔で会えばよいのかわからない。

「まあ、いいんじゃねえか。それに、いずれお店《たな》を構えるとなったとき、日本橋じゃあ高くつきすぎる。失敗したら目も当てられねえ」

「だったら新橋あたりにしておくか……」

喜助が言いかけたとき、前方から若い女が小走りでやってくることに気づいた。

「あれ、おりんちゃんじゃねえか？」

清吉の声に喜助が目を見開くと、確かにそれはゐの屋のおりんだった。赤い巾《きん》着《ちゃく》のほかに、経木の包みを大事そうに抱いている。

「ああ、よかった。まだいた」

息を切らしておりんが言う。

「今日は長屋を探すって言っていたから、もう出かけたかと思った。春斎先生の在所、絵図で調べてきたのよ」

「それで、どうしました？　わざわざ……」

昨日、妙な話を聞いたせいで勝手に気まずい喜助だが、おりんは知るよしもない。いっそう赤く染めた頰をゆるませて答えた。

「仕込みのついでに、ちょっと試しに作ってみたの。よかったら食べてみて」

経木を開くと、中には子供の掌《てのひら》ほどの大きさの菓子が三つ入っていた。ただ、形がいくぶん珍しい。まるで古木に絡む蔦《つた》のように、三本のうどんが器用に編まれて輪になっている。茹《ゆ》でた麵《めん》を細工して揚げたものらしい。

「これならあまり細かくないし、手に取って食べやすいかと思って。私、昔からこうやって造形するのが好きだから。ほら、喜助さんの根付を見て、つい真似してみたくなったの」

最後のほうは照れ隠しのようにはにかんでいた。えっ、と驚いて喜助が帯を見ると、小物入れの巾着に取りつけた根付が確かにある。飾りは質素そのもので、妹が魚網で編んだ小さな輪だ。樺屋では私物の着用が許されなかったので、ずっと荷物の下になっていたが、昨日久しぶりにつけてみた。おりんは目ざとくそれを見つけていたのだ。それも、さっそく造形して揚げ菓子にしてくれるとは。

せっかくだからと、三人は不忍池のほとりに腰かけ、それを味わうことにした。ちょうど花見の季節なので人が出はじめているが、まだ朝早いこともあって静かだ。

大きな手で、ぽんぽんと判でも捺《お》すように植えられた染井吉野と、それを映す水面《みなも》を眺めながら、砂糖味、塩味、なにもつけていないもの、三種類を三つずつに割って食べてみる。

「うん、うまい」

昨日のように、平板だが素直な感想を、喜助が口にする。

「こうして外で食べると砂糖味もいいね」

「そうか？　花見だからと白酒とか甘い団子を好むようなものか」

酒好きの清吉が苦笑した。

「まあ、これだけ世の中に白砂糖が広まったのなんて、ここ最近のことだがな。薩《さつ》摩《ま》や阿波《あわ》のあたりで作れるようになるまでは、南蛮と琉球《りゅうきゅう》からしか来なかったんだ。貴重だからますますありがたがられているような気もするぞ」

「どちらでもいいじゃない。両方やってみるということだし」

おりんが笑みを含んで言う。指で、口の端《は》についた砂糖をなめた。

「あ、そうは言っても、喜助さんの気持ちはどうなの？　私が持ってきたからといって、無理にこれを商いにしなくていいのよ。大事なことなんだから」

そう言われ、喜助は苦笑をこぼした。

「いえ、商売の種は食べ物にしようって、昔から決めていたんです」

ややこ言い方が唐突だったかもしれない。おりんはきょとんとしているし、清吉にもそこまで話したことはない。続きを促すような顔になっている。喜助はちょっとばかり面映《おもは》ゆいような心地になりながら、「わたしが生まれたのは天明《てんめい》五年（一七八五）——乙巳《きのとみ》の年なのですが」と語りはじめた。

喜助のふるさと三雲村は、奥州南部領の入り組んだ海岸線を眺める、切り立った崖《がけ》上にある。その岩肌が、まるで雲が三重にも折り重なっているようなので、村の名となった。

村の浜は奥まった入江で、広ければ鰯《いわし》の地引網でもしていたのだろうが、それも難しい。村人は、みなで力を合わせて鱈《たら》、鮑《あわび》、蛸《たこ》などを獲っていた。

諸国を廻《まわ》る船が町場の港に着くし、田畑も先祖の工夫と努めで少しずつ実りが増えていった。決して三雲も周りも寒々しい荒れ地などではなかったはずなのだが、時として抗しがたいことは起きる。

喜助が生まれたのは、とんでもない飢饉《ききん》のさなかだった。弘前《ひろさき》の岩木山《いわきさん》、続いて信濃《しなの》の浅間《あさま》山が噴火して煙が空を覆い、日射《ひざ》しを隠した。南部領だけでなく、どこも大変な惨事だったのだと、両親は言う。とにかく夏でも寒く、米が一粒も稔《と》れなかった。

地元では「飢渇《ケガジ》」と忌むように呼ばれていた。村人の半数が死んでしまうか南へ逃げ、空いた家にさらに北から逃げてきた人たちが入った。そんな中で生まれたばかりの喜助が生き延びられたのは、神の気まぐれとしか言いようがない。

ところが、まだ災いは終わらなかった。寛政《かんせい》五年（一七九三）——喜助が九歳を迎えた年明け、地面が大きく揺れたかと思うと、降りしきる雪の中を恐ろしい大波が押し寄せ、漁船や低地の小屋を根こそぎ奪い取った。

崖上の三雲村から、喜助はそれを見ていた。雪がひどいので村から出ていた者はいなかったが、住人が海に持っていた舟と網、下の田はすべて失われた。田の土には塩が入り込んでしまい、まともに耕作できない。根気強く灰を撒《ま》き、何年もかけて元に戻すしかないという。

喜助の家でも、舟と田をいっぺんに失った。幸い、海と山に囲まれた隠れ里のような村にはいくばくかの畑があった。肝入《きもいり》が上に掛け合って年貢を減らしてもらったし、入会地を広げてくれ、山に入ることも許された。

下の浜で干された鮑は、近在で俵物《たわらもの》の買い集めを請け負う豪商に引き渡され、長崎から海の彼方《かなた》へ運ばれていくと聞いていた。それは毎年のはじめに前金で一年分が村に支払われるが、舟が流されたためにその約束が反故《ほご》にされたのだとも。そして、いつになれば再びそれが果たされるのかもわからない。

だから、いつもは食べないどんぐりまで粉にするため、母や妹と探しに出る朝。五つ上の兄と父が、山から帰るのを待つ夕方。そんな日々の中で、喜助の心細さは募っていった。

ある日、喜助は父に決意を話した。「村を出て奉公したい」と。

家は兄が継ぐことになっていたし、妹はまだ小さい。自分が出ていけば食い扶持《ぶち》が減ると思ったのだ。

喜助にとって、父は怖い人だった。寡黙な性分とどこか深遠に細められた目が、村にいる多くの豪快な漁師たちとは少し違う。縁側の下で網を直していた父は、喜助の申し出にしばらく黙したあと、「世の中を甘く見んなじゃ」と返した。

「目の前の暮らしさ気ぃ揉《も》むのは、俺《おら》と母《か》っちゃだけでいいべ。おめえはもっと遠いとごを見ろ」

里の訛《なま》りでそう言うと、父はまたしばらく無言になった。つまり、いくら生活に窮しても村を出るのは許さないということか。この話はこれで終わりなのだと、喜助がそうっと立ち上がりかけたとき、同じ目の高さで父が言った。

「まんず生き延びろじゃ、喜助。それが叶《かな》ったら、人を生き延びさせられる人間さなれ」

それがどういう意味なのか、喜助にはいまだによくわからない。ただ、とにかく人のために働けということかと、そのときは素直に思った。だから静かに決意を固め、町場の寺子屋へ険しく長い道を通《かよ》った。熱心な師匠に論語と農業論を学んだが、その言説の美しさと泥臭さのあいだに横たわるものの意味をはかりかね、迷いに迷った。

二年で読み書き算盤《そろばん》を修めた春、父に呼ばれた喜助は奉公先が用意されていることを知る。それは、父が肝入を通じて細い縁をたぐり、江戸に求めてくれていた。油を専門に扱う見世と聞き、喜助は自分が言葉に出さず求めていたものがなんだったかを知った。

人を助けるものは、第一に食べ物だ。それが満たされなければ幸いを得ることはできないと、喜助は身にしみてわかっている。人を生き延びさせられるもの。命の土台を作るもの。

長い話に一区切りつけると、喜助は照れて俯《うつむ》いた。

「だから、奉公先は食べ物に関する見世がよかったし、実際にそれが叶えられて嬉《うれ》しかったんです。でも正直に言えば、米屋とか煮売り屋とか、もっとわかりやすく人の腹を満たせる仕事に憧《あこが》れてもいました。どちらにせよ、食べ物を扱う仕事にしか興味がないということですけどね。わがままかもしれませんが、食べ物もそれを得る手段もない中で冬を待つことは、本当につらいものですから」

だから、初鰹《はつがつお》の騒ぎにも我慢ならなかったんですと、喜助は小さく言った。

「きっとまた飢饉は起きますよね。こうなったら、その日のためにわたしは少しでも用意をしておきたいんです」

「用意って?」と、おりんが優しい目をして問う。おかしなことを言い出したと思われていないことを祈りながら、喜助は初めて口に出す。

「誰も飢えないような食べ物を作りたいんです。たとえば、干し飯《いい》のように何日も保《も》ち、握り飯のようにすぐ食べられるもの。米がなくなったときでも困らない……米に代わる作物」

「なるほど。薩摩芋のようにか」

清吉も頷《うなず》く。

ここ五十年ばかりで薩摩を通して広まったといわれるその芋は、救荒食として評判だ。ただし、あたたかい地域のほうが栽培には有利らしく、このあたりでは川越《かわごえ》が産地として有名だが、それより北ではどうなのだろうか。馬鈴薯《ばれいしょ》が勧められているとは聞くが、江戸では「毒がある」と言われ、もっぱら花を楽しむだけだ。

「ああ。どこでも作れて、欲を言えば毎日食べても飽きない食べ物。そんな料理を作ることに憧れているんだ。わたしの地元では、ただでさえ『やませ』という夏の冷風が吹いて、米が育ちにくい。そんな場所でも、米とともに作って食べられるものがあればいい」

少し語りすぎただろうかと、喜助は恥ずかしくなった。だが、後悔はない。誰かに初めて望みを語ることができて、さっぱりした気分でもある。

「おまえ、そんなことを考えていたのか」

清吉が笑いながら言った。

「なるほど、そりゃあ見世を辞めたくもなるはずだ。大店《おおだな》に使われてちまちま油を売ってたんじゃあつまらねえ」

からかわれているかと思ったが、どうやら違うようだ。

「ようは、おまえは誰も商ったことのないでかいことをやりたいんだ。そうだろう？　大人しそうな顔して、やることは違うんだな」

いや、やはりからかわれているのか。

ふと気になり、反対隣のおりんを見た。さきほどからずっと静かに喜助の話を聞いていて、まったく反応がないことが気になった。

おりんは、難儀な顔をしてなにやら考え込んでいる。

「あの、おりんさん……？」

やはり大それたことを言ってしまっただろうかと、喜助は心配になってきた。

「どうしましたか？」

「ちょっと待って。そんなふうに言わないで」

怒られたかと思い、目を白黒させる喜助を見つめながら、おりんは話す。

「まず、いまの話でわかったことがある。私もね、同じ乙巳の年の生まれなの。だから、その妙に丁寧な言葉はいらない」

「はあ、妙に……」

「ごめんなさいね。喜助さん、幼顔《おさながお》だから三つぐらい下なのかと思っていたのよ。

でも、同い年なんだしもう気を遣わないで」

「じつはおれも同い年なんだ」

横入りしてきた清吉を無視して、おりんは喜助を見つめる。

「喜助さん、江戸にいなくてもいいんじゃない？」

「……えっ？」

言葉の意味が呑《の》み込めず、喜助もおりんを見る。おりんは、冗談でも怒っているのでもなく、真剣な顔をしていた。

「せっかくお店を辞めたんだから、望みのためにはもっと広い国を見て回ったほうがいいと思うのよ。まだ長屋も決まってないんでしょう？　だったらいまが一番いいときじゃない。長屋をどこにしようかなんて悩むより、世の中にはどんな食べ物があるのか見てきたほうがよっぽどいい」

そうよ、いま行くべきよと、おりんは一人でその気になっている。丁寧な言葉を遣うなと釘《くぎ》を刺されたが、喜助はとっさに「うん」とは言いかねた。やはりまだ幻の縁談が生々しく、少し気まずい。中途半端な返事になってしまった。

「へえ」

「いきなり伝法な調子になったわね」

おりんはふきだしてしまったが、受け流してくれるようだ。

「わたしは行けないから、代わりに見てきて。世の中をね」

そう言って微笑んだ。一すじ、鬢《びん》からこぼれた柔らかな髪が、朝の光に輝いている。それをかすめた桜の花びらが、はらはらと水面《みなも》に舞っていった。

第二章　長崎の邂逅

一

「喜助ぇ、無事かー！」

夕立に打たれながら、前を小走りに行く清吉が叫んでいる。雲行きを見てまずいな、と思いはしたのだが、今日のうちにこの難所の峠を越えてしまいたくて、無理をしてしまった。着物も荷もずぶ濡《ぬ》れなので無事とは言えないが、少なくとも転んだりどこかに打ちつけたりはしていない。

「危ないから、どこかで休もう！」

肩で息をしながら、喜助はそう呼びかけることで精いっぱいだった。急な下り坂には、今日のような雨の日にぬかるむのを防ぐためか、石が敷き詰められている。しかし、大粒の雨でろくに前も見えないから、このでこぼこに引っかかって転んでしまいそうでひやひやする。

掛川《かけがわ》領、小夜《さよ》の中山《なかやま》という地名は聞いたことがあったが、なるほどこれが箱根《はこね》にも並ぶ難所か、と肌で感じる。急坂の片側は草が茂る斜面、もう一方には杉並木が続いていて、休めそうな小屋や祠《ほこら》は見当たらない。それでも、まっすぐできつい坂道が続く上り道よりかは、いくぶんましだ。目的の長崎まで、いったいこれほどの坂をいくつ越えるのだろうかと、喜助は考えてもわからない問いをめぐらせる。

「お、弱まってきたぞ。もう心配ないだろう」

ふと清吉が歩調をゆるめ、編み笠《がさ》を傾けて天をあおぐ。黒羽織からは雨粒がしたたり、烏の濡れ羽のようになっている。言うとおり、降りはじめと同じくらい唐突に雨足はしぼんでいったようだが、夕立が始まったら喜助を置いて真っ先に駆けだしたくせに、調子のいいやつだ。

「せっかく大井川《おおいがわ》を渡れたと思ったら、これだもんな」

「それだってわたしが交渉してなんとかなったんだぞ。おまえだけなら川の真ん中に落っことされていたかも」

喜助の皮肉も、清吉は快活に「違いない」と笑い飛ばした。

「お、見ろよ」

ゆっくり歩くうち、ふいに道の両側がひらけ、鮮やかな低木の緑がいっぱいに広がった。茶畑だなと清吉が言う。雨上がりの湿り気の中、どこからか新茶を製茶する芳香が漂ってくる。

いままで見たことのない風景に、喜助は立ち尽くした。

喜助が清吉の長崎遊学についていくことになったのは、神か仏の導きであったとしか言いようがない。

あの、不忍池で花見をしたとき。おりんが喜助に江戸を出て見聞を広めることを勧めた。それを聞いていた清吉も一緒になって乗り気になったことから、この話は始まった。

なんと、清吉は春斎先生の家に帰るなり、「喜助も遊学に連れていきたい」と進言したのだった。当たり前の師匠なら、一笑に付すか怒るかしただろう。だが、春斎先生は違った。飄然《ひょうぜん》として、「清吉は粗忽《そこつ》で喧嘩《けんか》っ早《ぱや》いから案じていたところでねえ」と言う。大井川を渡るまでは、小者でも雇おうかと思っていたほどらしい。だから、喜助がその小者ということにして、旅に出るのに要する往来手形・関所手形やら、もろもろの手配をすぐにやってくれた。

手形を出してくれるあては、勤め先か在所の寺くらいしかないので、どちらもない喜助には心底ありがたい。ただ、春斎先生は町方を相手にしているので、病人に金がないと見るや、見料も薬代もほとんど取らない。道々の宿代までは出せないと恐縮するのを、とんでもないと喜助が止めた。

「このために金を貯めてあったようなものです。きっと商いの種を得て帰ってきますから、ご心配なく」

「そうかい。種つながりと言ってはなんだが、長崎か大坂《おおさか》でいい薬種があれば仕入れてきておくれ。喜助さんの目は確かだろうから」

喜助が荏胡麻《えごま》や菜種などを届ける姿を見ていたから、そう言ってくれるのだろう。春斎先生は白髭《ひげ》と皺《しわ》の中でふっふっと笑い、出立までの十日ばかり、本当の雇い主にでもなったように喜助を置いてくれた。

「それじゃあ、清吉を頼んだよ」

見送りのときまで、先生は清吉の行状を心配していた。「はい」とお店《たな》仕込みの返事をする喜助の横で、清吉が神妙に頭を下げていたのは、先生との別れを惜しんでいるわけでも、精進潔斎して心新たに出発するからでもない。その真逆で、前夜に前祝いとかなんとか言って仲間たちと居酒屋に繰り出していたので、悪心と闘っていたのだ。

「いいかい、道中で酒を呑《の》むほど余分な路銀はないからね」

喜助は厳しく言い、二人分の銭の管理を請け負った。路銀はすでにまとめて為替に振り替えてある。毎晩寝る前に使ったぶんを帳面につけ、入用なものは残りを考えて買う。働いていたときの習い性だから苦労はない。喜助のおもな仕事は江戸内での掛取りだったこともあり、さまざまな交渉ごとも根気強くおこなった。もっとも、あまりにも相手が不遜《ふそん》だと後ろの清吉が怒り出すので、結局何度も宿から追い出されるはめになったが。

一日の食事と宿代、わらじ代を合わせると、ざっと一人三百文。江戸から長崎まで三百里あまりの行程をつつがなく歩けたとしても五十日ほどかかる。いまの銭相場では一両が六千五百文というところだから、行くだけで一人二両以上か。さらに渡しの船賃、長崎での数ヶ月の逗留費に、向こうで書物や食べ物を購《あがな》ったりなども考えると、かつかつだ。

「だがな、喜助。おまえは食べ物の新しい商いの種を探しに行くんだろう。あまり倹約していたんじゃ、面白い食べ物にも出会えないぞ」

清吉がときおりもっともらしいことを言うので、喜助は苦笑してしまう。そういう日は茶屋で名物のうずら焼きや鮎《あゆ》の煮びたしを食べたりもする。酒が呑みたい清吉は物足りない顔をするが、いやとは言わなかった。

新緑の季節はあたたかく、まばゆかった。それを過ぎ、雨が降るようになってからも、二人は景色に親しみながら歩いた。喜助には長年の奉公から解き放たれ、見るものすべてが新しいということもあったのかもしれない。先々の不安よりも、それが勝《まさ》った。

遠大な富士の山や、大井川の渡し。雨に濡れる野の花。浜名湖《はまなこ》を渡り、汐見坂《しおみざか》の上から見た白い砂浜と、澄んだ青の遠州灘《えんしゅうなだ》。岡崎《おかざき》の、二百八間もあるという長い矢矧橋《はぎばし》。色とりどりの紫陽花《あじさい》が並ぶ寺。

京《きょう》では、古い町並みの中で美しい工芸品の数々を見た。同じようなものは日本橋にもたくさんあるのだろうが、この町の色彩は一段と深いように思う。そんな場所で見る西陣織《にしじん》の糸目のきらびやかさ、生菓子の桔梗《ききょう》や朝顔の鮮やかさは、喜助の胸に深く刻まれた。

京から長崎へ、まだ二百里あまりある。清吉はせっかくだからと京か大坂で遊びたがったが、せめて帰路にしろと説き伏せて先を急いだ。こうしてよくつまらない言い合いもするものの、清吉は案外からっとして尾を引かないのが助かった。一人なら、よけいな心配や口喧嘩《くちげんか》をしなくて済むいっぽう、宿場へ無事着いたことを喜ぶ相手も、夕景の色の重なりを語り合うひとときもなかったことになる。

西国街道《さいごくかいどう》を西へたどる。梅雨明けが間近となったのか、あちこちで蟬が鳴いている。江戸では聞かない鳴き声もあった。廻船《かいせん》問屋がずらりと軒を並べる兵庫津《ひょうごのつ》では、忙《せわ》しなく行き交う北前船や廻船の巨体を拝む。その向こうの山あいは、下り酒を造る酒蔵の町という。これが船で一路江戸へ運ばれるのかと思うと、感慨深い。

鞆《とも》の浦《うら》から、小さな島々が浮かぶ瀬戸内《せとうち》を眺めた。入道雲が海の彼方《かなた》から湧き出していて、いまにも島を包み込んでしまいそうだ。

「まんじゅうの皮と餡《あん》みたいだな」

清吉が面白がって言った。

「そこまでまんじゅうが好きでもないくせに、よく思いつくものだな」

喜助は苦笑する。

「それに、まんじゅうの皮はあんなにふわふわではないよ」

「ふかしたてならあれくらいだな。それにうまい」

やけに食べ物の話をすると思ったら、もう昼に近い。二人は連れ立って、名物の鯛《たい》で作るという鯛飯屋の暖簾《のれん》をくぐった。

船で九州《きゅうしゅう》に入る。長崎が近づくにつれて、街道沿いでは目に見えて砂糖菓子を扱う見世が増えていった。それも、江戸では珍しい南蛮菓子だ。「ぼうろ」や「金平糖」などの品書きをよく見る。まるで菓子の道のようで面白い。

到着を待ちかねて、長崎の手前の日見《ひみ》宿をまだ暗いうちに出て、提灯《ちょうちん》片手に山道を歩いた。箱根にも並ぶ難所だと聞いてはいたが、夏場だし、逸《はや》る心には勝てなかったのだ。

曙《あけぼの》の薄明かりが鳥のさえずりを連れてくる。声も心も無にして歩き続けていたとき、清吉が喜助を呼んだ。

「おい、喜助」

「ああ……」

喜助は立ち止まり、前を見た。背後の山から兆した朝日が、瞼《まぶた》を開くようにあたりの森を照らしていく。その向こう、坂のはるか下にある町と、それを囲む半島の緑。大きな手指のように、それとも葉の脈のように広がって湾へと注ぐ幾本もの川へ、朝焼けの光が映る。海沿いにはずらりと並ぶ蔵屋敷。あのどこかの陰に名高い出島《でじま》があるのだろう。

どおん、と、遠くから肚《はら》に響く音が聞こえた。長崎の湾に停泊したオランダ船が、朝晩に鳴らす大砲だという。

ようやくたどり着いたのだと、喜助は放心しながら思った。

ここ、長崎にはなにがあるのだろう。出会えるといい。商いの種に。

二

朝の潮風を頬に感じながら、二人は海の方向へ坂を下りた。目指す先には、もちろん春斎先生から書簡が行っている。

「吉雄耕牛《よしおこうぎゅう》先生を知っているか？　もとは出島で通詞をしていたんだが、オランダから来た出島の商館医、ツンベルクという人に教えを受け、著名な蘭方医になった。多才な人だ」

清吉にそう聞かされたが、門外漢の喜助にはさっぱりわからなかった。しかし、きっと天下随一の医術を持った人なのだろう。

「ああ、その人のもとでおまえは修行するわけか」

「いや、耕牛先生は五年前に身罷《みまか》られた。息子が跡を継いだはずだが、門人の空きはないようだし伝手《つて》もない」

　清吉は厳かな顔で続ける。

「その耕牛先生の孫弟子に、亀井南冥《かめいなんめい》先生という、これまたすごい人がいる。医術に長《た》けるだけではなくて、志賀島《しかのしま》で見つかった昔の金印とかいうものの由来をいち早く説いたらしい。だが、寛政のときに学問所で朱子学以外が禁じられると身分を解かれ、私塾に専念するようになった」

「ほう、じゃあその人の――」

「そうだ。その弟子に、小動冥丹《こゆるぎめいたん》というお方がいる。その人のところで半年ばかり世話になる予定だ」

「はあ……」

　喜助はにわかに不安になってきた。

「ええと、その先生ももちろん、すごい人なんだよな？」

「たぶんな」

　清吉の表情は、厳かというよりも不安を押し殺しているようでもあった。しばらく歩き続けても無言のままだ。ようは、話すべきことをなにも持たないのだろう。

書簡や絵図を確かめながら、びっしりと家並みが続く町を歩いた。石畳と石橋が目につくし、瓦《かわら》屋根に漆喰《しっくい》の商家も多く、江戸よりも様子がいい。

その中の一軒の前で、清吉が足を止めた。ここだけが江戸か、もしくはどこかの街道沿いから切り取ってきたかのように、安普請の旅籠《はたご》——いや木賃宿だ。朝なので出立する旅人がちらほらいる。誰かが行き来するたびに、柱や梁《はり》がぎしぎしと音を立てそうだった。その流れが一段落したところで、清吉が帳場に声をかけた。

「あのお、小動冥丹先生はおいでですか？」

「なんね？」

奥へ戻ろうとしていた女将《おかみ》が、怪訝《けげん》そうに振り返った。

「ああ、あん浪人の先生《しえんしえー》ね。いま留守ばい。またどこかで花でも摘んで遊んどるんやなかかな」

不安が当たった気がして、喜助は清吉とそっと顔を見合わせた。

せっかく夜から歩いてきたのに、目指す小動先生とすれ違ってしまったのは残念だが、ほかに行くあてもない。二人は同じ——「船来屋《はくらい》」という、なんとなしに看板に偽りがある宿に逗留《とうりゅう》することとなった。もとより、遊学先が宿であることは書簡で小動先生から聞いていたとおりではある。一泊百文、これまで泊まった宿屋の半分から三分の一という安値だ。

船来屋もよそと同じように、相部屋が基本ということだった。だが、まだ朝早いのでさほど埋まっていないらしいし、さすがに初対面の先生に断りもなく一緒になるのも悪い気がして、とりあえず隣の部屋に入ることにする。先生は二階の一番手前にかれこれ一年以上は陣取っている、牢名主《ろうなぬし》のような存在らしい。二人は六畳間に入ると布団も敷かず、泥のように眠った。

どれほど寝ていただろうか、喜助はどこからか聞こえる物音で、ひたすら街道を歩き続ける夢から引き剝《は》がされた。

日盛りの中、海からの風が近くの軒先で風鈴を鳴らしている。日射《ひざ》しは強いが湿っぽくないし、風があるのでそこまで暑くない。夢うつつの喜助が再び瞼を閉じようとしたとき――。

「うう……う……」

誰かのうめき声がする。喜助は思わず飛び起きた。

「おい、清吉！」

部屋の隅まで転がって寝ている友人を揺り動かすと、なんとも幸せそうな顔で口を半開きにしている。苦しんでなどいない。

「どこだ？」

廊下に出てみると、まだ小動先生の部屋には誰もいないらしく、ひっそりと静まりかえっている。声が聞こえるのは反対隣だ。

「どうしました？　開けますよ」

返事も待たずに中へ飛び込むと、恰幅《かっぷく》のいい五十がらみの男が、体をくの字に曲げて悶絶《もんぜつ》していた。近くには丸められた手拭《てぬぐ》いが無造作に落ちていて、吐いた跡が見える。

「大丈夫ですか！」

男の肩に触れながら、喜助はおろおろとそう言うしかない。商人らしい男はたいそう身なりがよく、藍《あい》の青梅縞《おうめじま》を着ているので番頭格だろう。下あごが張った骨格は堂々としている――はずだが、いまは脂汗を浮かべて苦悶《くもん》するばかりだ。

「どうした！」

騒ぎを聞きつけたらしく、清吉がやってきた。喜助はやっと闇夜に光明を見たような思いがした。

清吉は、ふだんなら考えられないような厳しい面持ちで、喜助と男とを一瞥《いちべつ》した。すぐに喜助の手を取り、「女将さんを呼んできてくれ。飲み水と濡《ぬ》れ手拭いも頼む」と言う。喜助は泡を食って飛び出し、指図に従う。女将と一緒にものを持って帰ると、清吉は病人の前をはだけ、腹のあたりを触診していた。

「なにか悪いものを食べたのかもな……。二人とも、念のために部屋から離れて。吐いたものから病の気が広がるかもしれん」

「そんなことがあるのか？」

喜助がおずおずと襖《ふすま》の陰から覗《のぞ》くと、男の傍らに転がった荷の中に、開きかけた経木の包みを見つけた。清吉を通してこれを開けてもいいかと訊《き》くと、男は苦しみながらも頷《うなず》いたようだった。

そっと入ってそれを開くと、見たこともない茶色い塊が一つ、入っている。半分かじられた食べ物らしい。味噌《みそ》おにぎりや醬油《しょうゆ》団子にも似ているが、もっと乾燥している。断面の中は黄色くて、かすてらのような南蛮菓子なのだなと察せられた。揚げた粉菓子だろう、周りには細かい粉と化したかけらが落ちている。喜助は慎重に鼻を近づけると、渋い顔になった。饐《す》えた臭いが強く、指で表面に触れると、やけに粘つく。

「あの、もしかして、これを食べましたか？　揚げた菓子だと思うのですが、相当に古い油を使っております。それも、何度も使い回して真っ黒になったものを」

「なんだって？」

声を上げたのは清吉だった。

「確かにそりゃあ体に悪そうだが、江戸では聞いたことがねえな」

「あまりにも古いと、たいていは匂いと色でばれるからな。これは格別にひどくて、菜種油に鰯《いわし》油も混ぜてある。長屋で灯りに使うような粗悪なものだ」

「騙《だま》された……」

初めて男が言葉を発した。水を飲んで人心地ついたようだ。

「棒手振《ぼてふ》りから安い値で押しつけられたのだが、夜で暗かったし、わしは鼻が悪いので匂いにも気づかなんだ。くそ……」

「食べている最中に気分が悪くなったのですね？　なら、すべて吐いたようなのでもう大丈夫でしょう」

清吉は病人を安堵《あんど》させるように微笑んだ。

「ですが、薬が要りますね。油を打ち消し、胃の腑《ふ》を健やかにする生薬のほかにも――」

そこで、清吉は男の鼻と喉《のど》を子細に確かめた。

「鼻の奥が腫《は》れていますので、これを引かせる薬も必要でしょう。年中ですか？　ああ、子供のころから。鼻の患いが軽くなれば、妙なものの匂いもわかります。ただ――」

清吉はそこで言い淀《よど》む。

「われわれはここに着いたばかりで、薬もろくに持っていないのです。どうにかして調達してきますから、少し待っていてくれませんか？」

話しているところに誰かが入ってきたので、喜助は宿の者かと思ってふとそちらを見た。

眼鏡をかけた、総髪で浪人風の男だった。髪結いにもろくに行っていないらしく、身なりがよくない。年齢は三十路《みそじ》がらみか。

「阿魏《あぎ》なら持っとるばい」

突然、彼は意味のわからないことを言った。

「『あぎ』っちゅう植物ん根から採った汁で、胃ば健やかにし、消化ば促す。偽物も多かばってんが大丈夫、バタビア直送ん良品たい。けど、吐き切ってしもうたほうがよかかね？　やったら吐根《いぺかくあな》。茜《あかね》ん仲間ん根や。変わったもんやと刺蛄石《おくりかんきり》。ざりがにん胃に生まれた石で、胃ん中ば和してくれる」

西国の言葉を滔々《とうとう》と並べ立てはじめた男を見上げ、清吉もしばしぽかんとしていた。やがて夢から覚めたようにハッとして、「は、はい」と頷く。

「寡聞にしてそれらのことは存じませんが、ここは長崎。あらゆる薬種が集まる町と聞いています。先生が最適と判断されたのでしたら、異論はありません」

先生？　清吉はこの人を知っているのか？　いまだ夢見心地の喜助を尻目《しりめ》に、清吉は姿勢を正して頭を下げた。

「小動冥丹先生とお見受けします。弟子入りの文を差し上げておりました清吉と、こちらは相棒の喜助です。よろしくお願いいたします」

万事が大雑把で調子に乗りやすい清吉の、珍しく改まった場面だった。先ほどから医者らしいところも見ているし、喜助はすっかりこの連れを見直していた。だが、小動冥丹と呼ばれた男は「うむ」と頷きながら懐手にしていたものの、途中からあいまいに瞳《ひとみ》を動かしはじめた。

「ああー、そういえばそがん話もあったねえ。あれ、来るとは来年じゃなかったとか。まあ、よか。仲ようやろう」

この冥丹先生も、ずいぶん適当な御仁らしい。

三

清吉の診立てと冥丹先生の投薬が功を奏したらしく、大番頭風の男は夕方には恢《かい》復《ふく》していた。名は平十郎《へいじゅうろう》、大番頭どころか関東《かんとう》を中心に「秩父屋《ちちぶ》」という材木問屋を営む大商人らしいとは、あとから聞いた話だ。

対する冥丹先生は、父の代からの筋金入りの浪人、と自分で言っている。もともと鍋島《なべしま》あたりの徒目付《かちめつけ》だったが、家老《かろう》の跡目争いに巻き込まれ、浪々の身となった。

長崎で医術の真似ごとを学んで開業した父は、隠居して近くの漁村に越したいまでも、武家の矜持《きょうじ》と髷《まげ》を捨てずにいる。背筋を伸ばして釣り糸を垂れつつ、求めに応じて周りの者を診ているとか。

息子は、なんとなく父の恰好《かっこう》だけは踏んでいるが、早々に師匠のもとへ修行に出た身。しかし、市中にあった立派な家は継いですぐ博打《ばくち》の借金のかたに取られてしまった。在所だけは実家に置いているものの、親に耳の痛いことを言われるのを嫌い、宿暮らししながら往診に応じる。そういう気ままな暮らしを、本人は笑い話で「浪人」と呼んでいるふしもある。

騒動の翌々日の昼。すっかりよくなった平十郎が、冥丹先生と清吉、喜助に礼の馳走《ちそう》をしてくれた。場所は出島にもほど近い、海沿いの「卓袱屋《しっぽくや》」という、オランダと清《しん》、日本の折衷のような不思議な料理を出す見世である。

座敷で朱塗りの大きな円卓を囲み、まずは「お鰭《ひれ》」と呼ばれる吸い物の蓋《ふた》を取った。ふわふわした白身魚と、椎茸《しいたけ》の香りがふんわりと広がる。喜助たちはお目にかかったことがない、「鱧《はも》」という魚だという。食べてみれば意外に食感が楽しめ、風味もある。感心しながら飲んでいると、口上代わりなのだろう、平十郎がもう何度目かになる礼を言う。

「本当に、みなさんのおかげで命拾いしました。私めは甘いものに目がないもので、失礼をばいたしました」

平十郎は商いのため、側近の番頭と手代を何人か引き連れて川越から出てきた。船も使って大坂へ行き、懇意にしている問屋を回ったあと、また船で瀬戸内海を通過して九州に入ったらしい。さっそくこの町で新たな商売相手を見つけたというから、やり手だ。

とは言うものの、実は一番の楽しみは、長崎で南蛮菓子をたらふく食べることだった。子供のころからの大願だったが、しばらく前に病に伏せって心配をかけたこともあり、見世の者から旅先での様子が妻に伝わると、あとが面倒だと彼は考えた。ために、商談があらかた済んでから、理由をつけて数日、見世の者と別の宿を取っておのおの行動することにした。羽を伸ばしたいのはお互い様だったらしく、部下たちはその案を歓迎してくれたのだが……。

「勘定の金額で買い食いが家内にばれると思い、思いっきり安い宿にして浮いた金子で菓子を購《あがな》ったわけです。ですが、そんなしみったれた根性で怪しい棒手振りを相手にしたのが悪かった。ああ、いや、あの宿に泊まっている皆さんがしみったれているなんて言っていませんよ。私の心根の問題なのです」

低頭する平十郎を、清吉は「まあまあ」と苦笑して制する。年齢《とし》が倍以上もある大商人にそこまでされては、かえって落ち着かない。「見境なく甘いものを食べるな」という苦言も、一昨日《おととい》とうに冥丹先生が呈している。

「おっと、言い訳ばかりじゃ食事もまずくなる。いただきましょう」

店主の鷹揚《おうよう》さを取り戻し、平十郎が手を合わせて箸《はし》を取る。もう酒を呑《の》んでもいいと冥丹先生は言っているが、先日の食あたりがよほどきつかったとみえて、平十郎はしばらく胃腸に負担がかかることはしたくないと首を振っていた。なので、今日は舐《な》めるだけかもしれない。「そのぶん、うまい南蛮菓子をたっぷり頼みましたから」と笑っていた。

襖《ふすま》の向こうから続々と料理が運ばれてくる。平十郎の望みか、それとも砂糖が豊かな長崎ゆえか、最初の大鉢は甘いものだった。先日見た丸い揚げ菓子を上品に小さくしたようなもののほか、豆の蜜《みつ》煮、びいどろのように向こうが透ける、秋の夕焼け空の色をした方形の菓子などが並ぶ。

「長崎ではうまいものに出会えましたか？　たとえばこういうものとか？」

喜助が微笑んでその美しい菓子を指さすと、平十郎は待ちきれないようにせわしく頷《うなず》いた。

「ええ、ええ。この四角いのは葡萄《ぶどう》酒の寒天寄せですよ。オランダの人たちはこういう酒をたしなむらしいですな。ほかに、焼酎《しょうちゅう》に似た蒸留酒もあるらしいのですが、まだお目にかかれていません。出島との行き来は限られておるそうですから」

澄んだ赤紫色の寒天をそっと口に入れると、強い葡萄の味と香りが喜助を貫いた。驚く間もなく、それはつるりと喉《のど》におさまっていく。

「これが異国の味……」

素直な感想を述べる喜助へ、平十郎はいたずらっ子のような目線を送った。

「うまいでしょう？　私なんぞはつい江戸に持っていって商売したくなるが、なかなかそうもいかん。葡萄酒は門外不出、出島に呼ばれた長崎奉行《ながさきぶぎょう》などの限られた者しか呑めないらしいんですな。これは、その誰かが持たされた酒瓶が市中に流れてきたものだそうで、それから特別に作ってもらった菓子なんです」

「へえ、そんな貴重なものが」

「うまかねえ」

ほかの二人はしきりに感心している。喜助は、興味が湧いて平十郎に尋ねた。

「出島には、こういった珍しい食べ物がたくさんあるのですか？」

「そうらしいですなあ。向こうの人と日本とでは、食の習いがまったく違いますから。常食も違うし、あちらは獣の肉を好んで食べるそうで、出島でも牛を飼い、干し肉もたくさん持ち込まれておるとか。菓子のたぐいも豊かで、奉行への贈り物には小箱に焼き菓子を何種類も入れるそうです」

一度食べてみたいですなあと、平十郎は夢見るような顔で言う。本当に菓子が好きなのだ。

「その小箱入りの菓子というものは、これに似ているのでしょうかね」

清吉が、箸で丸い揚げ菓子をつまんでみせる。平十郎は少し困ったように笑った。

「ああ、それはあちらの言葉で『おりーくっく』というものらしいですな。『どうなつ』とも呼ぶらしいんですが、小麦の粉と鶏卵、砂糖を混ぜて揚げたものです。当然ながら、私が売りつけられた粗悪品より、この見世のもののほうが断然うまい。ですが、小箱に入るものはそういった名ではなかったようです。ええと――」

「『びすけっと』、ちゅうんじゃなかったかな」

間断なく箸を動かしながら、冥丹先生が器用に口を挟む。

「材料は同じやけど、こっちは平たく焼いたもんたい。カサカサしとって水が欲しゅうなる」

「おお。先生、ご存じですか」

「昔、治した病人から薬代がわりにもろうたことがある。まあ茶でもあればもっとうまかね。丁子《くろうぶ》っちゅう香辛料も入っとる、それは薬種でもあるけん、覚えたったい」

「小麦粉と鶏卵といったら、かすてらにも似ていますね。かすてらはもっと柔らかですが……」

江戸での商いの助けになるかもしれないので、喜助は真剣に考えはじめる。その顔を見て、平十郎が教えてくれた。

「喜助さんも菓子に関心があるようですな。私もかすてら屋の主人からのまた聞きですが、なんでも製法が違うらしい。かすてらは卵をよーく泡立てて、窯でじっくり焼くんだそうです」

「そうなんですか。でも、卵は高価《たか》いですからねえ……」

江戸では一個二十文する。とても気軽に食べられるものではない。それをふんだんに使うかすてらは、ここぞというときの贈答品だ。

「砂糖も、舶来品ばかりに頼らなくてもよくなってきたとはいえ、まだまだ値が張りますからなあ。喜助さん、菓子でも作る気で？」

次の大皿が運ばれてきた。魚介の天ぷらと湯引きした鱸《すずき》が目にも鮮やかだ。喜助は、どんちゃん騒ぎでない会食の楽しさを知りはじめていた。

「こいつは江戸で新しい商いを始めるんです」

藪《やぶ》から棒に、清吉が喜助を指さして言った。「それも、食べ物の見世を。いい案を探すため、はるばる長崎までやって来たんです」

「清吉……」

わざわざそんなことを言わなくていい。だが、止めるのも妙だと思われそうで、喜助は顔を赤らめて頷いた。はなから、喜助が医者の見習いとは見えなかったらしく、平十郎もさして意外そうな顔はしない。前職は樺屋の手代で、まずはうどんを揚げた菓子を商ってみるつもりと聞くと、わけ知り顔になった。

「どうりで。江戸の大店《おおだな》の奉公人は日本一言葉が丁寧だと言いますからなあ。油に詳しかったのも合点がいきました。だが――」

そこで少し顔を曇らせる。

「失礼ながら、一から新しい商売を始めるとなると、相当厳しいでしょう。むろん、江戸ではたいていの商いは準備さえすれば好きに始められるが、だいたいがその日暮らしの大道芸人や棒手振《ぼてふ》りです。大金を稼ぐことは難しい」

「金を稼ぐことは目指していないのです。私は――」

言いかけた喜助を、平十郎が目で制した。思わず背筋が伸びるほど、鋭いまなざしだった。

「そうは言いましてもな、やはりなにごとかを成し遂げるためには金子は不可欠でしょう。珍しい食べ物を売るとなると、なおさら。新しいもの好きの江戸っ子とはいえ、値が高すぎれば面白半分に手が出せないこともある。日々食べるものはなかなか変えられるものでもないですし、商いがうまくいくまでは損失にも耐えねばなりません。そこが難儀なところで、いきなり見世を出せばたいてい潰《つぶ》れ、さりとて棒手振りでは大きなことは成せぬ。いずれにせよ厳しい道です」

「はい……」

どうやら自分の考えは甘かったようだ。喜助が悄然《しょうぜん》と答えると、平十郎はにこりと笑った。

「いえいえ、なにもあなたを批判して諦《あきら》めさせたいわけじゃない。その逆でしてな、できる限り応援したいからこそ、こんなことも言うのです。そうだな……まずは百聞は一見に如《し》かず、出島の中でどんなものが食べられているか、見てくればいいでしょう」

「えっ？」

おかしな声を出したのは、清吉も同じだった。

「で、出島はそうやすやすと入れないのではなかったですか？　今日二人で冷やかしてきましたけど、しっかり門が閉まっていましたよ」

出島に至る唯一の石橋。その先には「この先入るべからず」の制札が立っており、門が閉まっているばかりか、長崎奉行の配下とおぼしき門番までいて、厳重に見張っていた。小舟などで勝手に乗りつけるのも言語道断。当然、中のオランダ人たちが外へ出るのにも奉行の許しが要るらしい。

「そうでしょう。ただでさえ、現在オランダは大変困難な状況にありますし」

突然そんなことを聞き、喜助は耳を疑った。

「近隣の国との戦があり、しばらく前からそこの統治下にあるそうです。出島に商船を派遣する会社も解散させられてしまったとかで、出島のオランダ人たちは天涯孤独ともいうべき状況です」

「そうだったのですか……」

商いの種のことばかり考えていたので、そんなことすら喜助は知らなかったのだ。異国に取り残された出島の人々は、どんな心持ちなのだろうか。

「私も長崎で内密に仕入れたことです。昨年から今春にかけて、長崎に北方の異国船が入ってきて大騒ぎだったそうですが、こういうことは大っぴらにはされませんからなあ。ただ、商船だけは別の国の船を借りたりなど、工夫してどうにか派遣はされてきておるそうです。今年はオランダ船のレゾリューシー号というらしいんですがね。それが、いまちょうど沖合に停泊していると」

「ええ……」

だが、それがどうしたというのだろう？

怪訝《けげん》な顔をする喜助を見つめると、平十郎は童のように屈託なく目を輝かせた。

「荷の積み下ろしをしておるというわけですよ」

四

夜明けの光が、背後の山並みから夜を海へと押しやっていく。藍《あい》から鴇色《ときいろ》へ、そして黄金色へ、滑るように移り変わっていくこの刻限の空が、喜助は好きだ。だが、今日ばかりはぼんやり空を眺めているわけにはいかない。

どおん！

これまで聞いた中で一番激しい大砲の音が、耳をつんざいた。商船からもっとも近い場所にいるので、当たり前なのだが。

「荷が来たぞー」

出島の一角に開かれた水門に向け、母船から荷を移し替えてきた小舟が近づいてくる。喜助は何人もの仲間とともにそこへ歩み寄った。

そう、ここは出島の中だ。

オランダから来た交易品を下ろし、また日本からの品を積み込むため、商船停泊中には日本人の人足が大量に雇われている。一方で、交易品はたいそう高価だし、出島はお上の統制のもとにある。身元のしっかりした者しか入れない。それを知る平十郎がさっそく手を回した。

人足の一人が足をひねったとかで三、四日の空きができたらしく、そこに「秩父屋の頼れる若い衆」という体《てい》で、喜助をねじ込んでくれたのだった。

さすがはやり手の商人というべきか、昨日の会食のすぐあとで段取りが整い、翌朝喜助はこうして働きに来ている。別段、日本の間者というわけでもないので堂々としていればいいはずなのだが、オランダの食べ物事情を知るため、という自分なりの目的があるためか、なんとはなしに後ろ暗い。

一緒に働く人足たちはさすがに鍛えられていてよく動くし、もともと仲間同士らしく気安くしているが、多少は入れ替わりもあるらしく、新参の喜助にも変な顔はしない。ただ、あまり日に焼けない体なのと、相変わらずの幼顔である喜助を見て、

「大丈夫や？　荷は重かぞ」とからかってきたのには閉口した。

喜助たちは六人で一組を作らされ、監視には奉行所のお役人が一人。四十路《よそじ》からみの細面のお武家は、手にした扇子を用いて最初の指示を出すと、あまりうるさいことは言いたくないとばかりに、遠巻きに六人を眺めはじめた。砂糖をちょろまかさないように見ているというわけか。そんなお役人や喜助たちを、通りに面した建物の二階から何人かのオランダ商館員が見張っている。念の入ったことだ。

今日は、船からの荷下ろしに明け暮れるという。まだ作業は始まったばかりらしく、積み荷を下ろす一方で、船が浮き上がってこないように日本から買いつけられた銅や樟脳《しょうのう》などを運び込む。一連の作業が終わるまで一月はかかると聞いた。雨の日は休みだし、長崎市中で祭りでもあれば、人足が集まらないのでこれもまた休み。立場は違えど、樺屋でも祭りの日は見世を開放し、上得意客に二階で神輿《みこし》見物や酒盛りをしてもらったために仕事にならなかったことを思い出す。

接岸した小舟から、待ち受ける荷車にずっしりと重い麻袋を積み替える。中身は砂糖らしく、二十袋はあるだろうか。これが終わるころにまた新たな荷が運ばれてきて、日暮れまでひたすら運び続けるのだが、喜助にとってみれば油の樽《たる》が麻袋に変わっただけなので、戸惑いはない。

扇形の出島で、表門から見て右側にあたる水門で積み、反対側の蔵へと荷車を押して移動する。

じつは、出島では七年前に大火が起き、建物の大半を失ってしまった、と聞いていた。難儀なことが重なったものだ。水門の近くにあったという、「カピタン」と呼ばれる商館長の二階建て屋敷もいまだ普請中で、島の役割は、わずかに焼け残った左側に集まっている。そちらにはもともと庭園や動物を飼う小屋、土蔵などがあった。

海と粘土塀に囲まれたこの島のことをなぜ喜助が知っているのかといえば、長崎市中で「出島絵図」なる刷り物が売られていたからだ。物見遊山の客に向けて作られたものらしい。むろん密《ひそ》かになのだとは思うが、人やものの出入りにはきわめて厳しい一方で、市井にこういう妙なたくましさがあるところは、江戸と同じだなと思う。

島を貫く往来を歩きながら、喜助はずいぶん動物が多いことに気づいた。薬園とおぼしき広い畑の隅では黒牛が草を食《は》んでいるし、犬も歩きまわっている。宿の女将《おかみ》も、出島には鮮やかな異国の鳥がたくさん運ばれてきていると言っていた。

建ち並ぶ蔵に近づいてくるとともに、なにか食べ物が焼ける匂いも漂ってきた。朝餉《あさげ》は済ませてきたはずなのに、喜助の腹がそれを求めてむずむずしはじめる。

「なんだろう……。肉でも魚でもない……」

香ばしいが、天ぷらでも蒲焼《かばや》きでもない。もう少し落ち着いた匂いだ。油のたぐいでもない。

どこか懐かしいような……と自然に思い出されたのは、生家の囲炉裏端だ。父が黙ったまま炒《い》っていたのは大麦だったか。それを麦茶に使い、出涸《でが》らしは雑炊に入れていた。オランダ人も同じようなことをするのか？

あたりを見渡すと、蔵が途切れたところに木造二階建ての家屋がある。煙出しの窓から白煙が出ているところを見ると、一階が厨房《ちゅうぼう》になっているようだ。これも火事によるどこかの屋敷の仮宅らしい。

あれだけ煙が出ているのだ。茶のために麦を炒っているわけではなさそうだ。やはり、食べ物。それも、十人か二十人か知らないが、この島にいるオランダ人の相当数に供される、白飯とか蕎麦《そば》のような……常食ではないか？

しかし、飯は炊かれるし、蕎麦なら茹《ゆ》でられる。江戸で「焼く常食」というものはにわかに思いつかない。いったいなんなのだろう。もどかしいものの、見張りもついているし、用もないのにそこへ行くことはできない。

喜助は頭をめぐらせた。この臨時の仕事は、早ければ明後日《あさって》くらいにはお役御免になる。足をひねった人足も、書き入れ時にできるだけ稼ぎたいだろう。出島のことは出島で知るしか手はなく、ここから出たら永久にわからなくなってしまう。

焦るうちに日は高くなり、別な匂いがしはじめた。喜助には慣れない、肉を煮込むような匂いだ。これが、出島で飼われているという牛の肉だろうか。獣肉を食べつけないので喜助には苦手に感じるが、そこに葱《ねぎ》でも入れたような甘い匂いが混じると、やたらとうまそうに思えてきた。鼻とは単純なものだ。こちらにも興味を掻《か》き立てられたものの、やはり近づくことはできない。目隠ししながら料理の名を当てているような気分だった。それも、見たことも聞いたこともない料理の。わずかな休息には、その匂いをおかずにして、宿で作ってもらった握り飯をかじった。

次の日は雨で、荷運びは休みになってしまった。折悪しくというべきか、清吉は急病人の往診に出かけた冥丹先生にくっついて昨夜から帰らないし、平十郎も江戸へ帰る用意があるとかで、もともと泊まっていた旅籠《はたご》へ移ってしまった。

一人きりで一日を過ごすのは、もしかしたら生まれて初めてかもしれない。奉公先でも年が近いもの同士で寝起きしていたし、仕事を辞めてからはずっと清吉と一緒にいた。これまでの習い性で、なにかしていなければ不安になるが、実際にできることもない。

屋台でうどんをすすりながらも、喜助は昨日の朝嗅《か》いだ香ばしい匂いのことを考えていた。あれはいったいなんなのだろう。穀物を焼くか炒るかした香ばしさだったことは確かだが、おそらく油は使っておらず、卵を使った菓子でもなさそうだ。

揚げるのでも、煮込むのでもない。きっと竈《かまど》で焼いている。では、なんなのだ？　食べてみたいと喜助は思う。姿かたちの見えない料理が、入道雲のように膨らんで喜助の心を占めている。それに——。

「作れるかもしれない。わたしでも」

そう思っていた。はっきりした証《あかし》などない。ただ、とても質素な料理のような気がしているだけだ。技がなくても作れるだろう、という考えではなくて、自分に合っているはずだとなぜだか素直に思えた。そして、うまく作ればたくさんの人に好かれるものになるのではないか。

「よし」

喜助は決めた。泣いても笑っても、出島に入れるのは明日が最後になるだろう。ならば、あの見張りの侍を振り切ってでも、厨房の様子を見に行こう。大丈夫、まさか打ち首獄門にまではならないだろう。追い出されるのがせいぜいだ。平十郎には申し訳ないけれど……。

これまで決まりごとは必ず守ってきて、破ろうとさえ思わなかった喜助は、一人の晩でも気安く眠ることなどできなかった。明日、なにかがわかる。決まってしまう。そんな期待と不安を抱いて、長い夜を越えた。

今日の作業も一昨日《おととい》と同じだ。ひたすらに砂糖の荷を下ろし、蔵へと運ぶ。雨上がりなのでそこここに水たまりがあり、間違っても麻袋をそこへ落とすなと厳命される。そして、やはり喜助の仕事は今日が最後になるということも知らされた。

これで終わりと思うと、身が引き締まる。もちろんそれは仕事に対する気持ちではない。あの匂いを嗅いだら機を逃さずに飛び出していけるようにと、喜助は張り詰めた足どりで荷運びを繰り返す。やがて、そのときは訪れた。

香ばしい、なにかを焼く匂いを感じる。やはり、朝餉の支度に焼くものらしい。

「またあの家からだ……」

思わず小声に出した。張り詰めた心地のために口の中がすっかり乾いているので、囁《ささや》きもざらついている。一昨日、昼や夕方にこの匂いはしなかった。朝に炊く江戸の米と同じように、まとめて焼いておくのかもしれない。

やはりこれは、常食……？

「あっ、こら！」

突然怒鳴り声が聞こえた。いまにも「腹が痛いです」とでも叫んで飛び出そうと用意しかけていた喜助は、肩を震わせるほどに驚いた。さすがはお侍、目論見《もくろみ》が破られたかと肝を冷やして後ろを向くと、そのお侍が泡を食って顔のあたりで両手を振り回していた。肩にはなにかがいる。どういうことだ？　よくよく目を凝らすうちに、一匹の猫――いや、猿がひらりと飛び降りるのを、喜助は見た。

「おい、捕まえんか！」

猿の手にはお役人の白い扇子が握られている。食べ物とでも思ったものか、隙をみて奪っていったらしかった。ふだんは閑寂なこの出島で、さぞかし退屈しているのだろう。戯れのつもりかもしれない。

喜助ともう一人が、命じられるがまま猿を追いかけた。こりゃ仕事んうちになかやろうと、相棒が不平を言っている。

猿は異国生まれらしく、白い短毛と妙にしなやかな長い手足、そして尻尾《しっぽ》を持っている。通りを跳ねるように駆け去ると、蔵が途切れたところにある一軒の木造家屋の窓に入っていった。まさか、と喜助の胸は別の思いで跳ねる。

「おおい！」

息せき切って駆けつけた喜助たちは、開け放たれた窓の木枠に取りすがるようにして内側を見た。

それとともに、あの香ばしさに包まれる。

やはり、そこは台所だった。いくつもの四角い鉄の箱が壁ぎわに置かれ、下から火が焚《た》かれている。その前に立つ異国の大柄な男が、驚いたような青い瞳《ひとみ》で猿と喜助たちとを見比べていた。彼が手をついているのは大きな作業台だ。その上に並んでいるものは――。

「猿はここか。大儀であった」

背後からお役人が追いついて、喜助たちを両脇に押しやった。そのまま無言で右手を窓に差し入れると、中の料理人は得心したように猿から扇子を取って渡す。ここではよくあることらしい。かわりに、料理人は作業台に並んだ半円形のものの一つを小さくちぎり、猿に与えた。

それは不思議な食べ物だった。表面は南蛮揚げ菓子――「おりーくっく」とか「どうなつ」といったか――のように枯葉色をしているが、ちぎればそれのように硬くも粉っぽくもなさそうだ。さりとて握り飯や団子などのようにもっちりともしていない。中は白っぽいようだが、もっとふんわりと軽やかだ。そう、ふかしたてのまんじゅうのように。それとも夏の海に浮かぶ入道雲のように。

「あの！」

喜助は、引き寄せられるように窓辺に戻った。迷っている暇はない。とっさに懐から竹皮包みを出し、中に差し入れる。

「それをくれ。これをやるから！」

中には、宿で作ってもらった中食の握り飯が二個、入っている。

白っぽい塊を口に入れようとしていた猿は、小首をかしげてまじまじと見知らぬ人間を見た。大きな瞳に眉《まゆ》を下げた喜助が映っている。やがて、興味を竹皮包みに移したらしく、無造作に手の中のものを放り捨てると、軽やかに跳躍してきて、喜助の手から包みを奪い取っていった。

喜助はすかさず手を伸ばし、台の上に転がったかけらを拾った。ふと気づいて目を上げれば、白い衣服をまとったオランダ人の料理人が、苦笑いして喜助を見ている。その顎《あご》がくいっと軽く前に突き出されて、言葉は通じずとも、「おまえにやるよ」という声が聞こえた気がした。

喜助は月代《さかやき》のてっぺんまで赤らめて一礼すると、そのかけらをそっと口に入れた。そうしてしばし立ち尽くす。ふんわりとした、その食感と香りを味わいながら。

「なんと、新しい……」

ほのかに甘いような、それともしょっぱいような、えもいわれぬ味が口の中に広がる。かすかな香ばしさとともに、米のような甘い匂いさえ感じ、幸せだと思った。

そう、幸せだ。

うまいものを食べると、人は黙る。腹の底から込み上げてくる幸せを噛《か》みしめて。いま、喜助はそれを思っている。

「おい、もうよいか」

後ろからお役人の声が届く。怒られることも覚悟したが、彼はむしろ呆《あき》れているようだった。

「握り飯を丸ごと猿にくれてやったのか。昼すぎには腹が減ってたまらんだろう」

「いえ、平気でございます」

喜助は立ち戻りながら頭を下げる。大事な扇子を取り返せて、お役人はほっとしているようだった。歩きはじめてから、「物見遊山ではないのだ。勝手な真似は慎め」と取ってつけたように叱った。

「申し訳ございません」

「よほど獣が好きとみえるな」

喜助のことをなにか勘違いしているらしく、彼は真面目な顔でそう言う。

「はい」と喜助は合わせてみたが、やはりまだ訊《き》いてみたいこともあった。

「あの、あちらで焼いていた食べ物は、いったい……」

「あれは、出島――いや、南蛮での白飯に値するものであろう。ああやって毎朝焼いておる」

「なんという名なのでしょうか？」

荷車まではもうすぐだ。喜助が食いつくように尋ねると、お役人はふと顎に手をやった。

「ああ、あれはなんといったかな……そうだ」

思わず前のめりになる喜助に、こう教えた。

「餡《あん》なしまんじゅう、だ」

五

「それはあんまりだろう。ものを知らぬお侍だな」

日が傾くころ、くたくたになって宿へと戻った喜助は、玄関先で平十郎と鉢合わせになった。川越にある本店でなにかややこしい問題が起こったとかで、明日には江戸へ発《た》つという。その挨拶《あいさつ》のため、わざわざ船来屋へ顔を出してくれたのだ。親しくなるにつれ、口調がすっかりくだけてきた。

やっと往診も終わったらしく、帰りがけにひと風呂《ふろ》浴びてきた清吉と冥丹先生も揃い、薬種が雑然と積まれた冥丹先生の部屋で薄い茶を飲んだ。

「へえ、秩父屋さん、その妙な食べ物の正体を知っていますんで？」

感嘆を含んだ清吉の問いに、彼はゆったりと首を振った。

「いやいや、わしは菓子のことぐらいしか知らんのだよ」

「ああ、さようで……」

「おいは知っとる」

薄い茶にはひどく不釣合いな、平十郎手土産の柚子《ゆず》の砂糖漬けをかじっていた冥丹先生が、矢立を取りだしながら喋《しゃべ》った。

「そりゃ『ぱん』やろう。漢字で書くと、ほれ、『麺麭《ぱん》』。おいも実見したことはなかがね。小麦ん粉ば焼いて作るらしか」

「じゃあ、うどんやすいとんの生地に近いものになりましょうか……。おりーくっくは卵と砂糖を入れるから少し違いますね」

「まんじゅうから餡を抜いて焼いたもの……だから餡なしまんじゅうか？」

喜助と清吉が口々に言い合い、冥丹先生も頷《うなず》いた。

「そう。その製法は出島から門外不出だが、ばりうまかと聞くな。喜助よ、これば商いにするとやろう？」

ひょいっと、挨拶でもするようにそんなことを問われた。それは心を占めていたが、まだ誰にも――己自身にもはっきり告げていなかったことだ。冥丹先生に率直に指摘され、喜助は思わず赤面して俯《うつむ》いた。

「そうですね。まずはうどんの揚げ菓子から試みるつもりなのですが、もし叶《かな》うなら――」

小さいけれど、確かに自分の声で、喜助は伝えた。

「ぱんのよい香りを、江戸でも漂わせてみたいです。そうしてあのふわふわにみんなが驚いて、喜ぶ顔が見られれば、心底面白いと思います」

三人は黙って聞いてくれる。促されるように、照れよりも興奮が勝ったほてり顔を上げた。

「それに、ぱんなら持ち運びにも耐えましょう。どんなふうにも自在に形を変えられましょうし、米が凶作のとき、困っている人たちに届けることもできるかもしれません。腹を満たすばかりではなくて、きっと幸いを広げられると」

喜助の心には、ふるさとの森と海とが映っている。あの暮らしを守るために、ずっともがき続けているのかもしれなかった。

「いままでは、なにかができるのだろうかと、どこかで自分を侮っておりました。ですが、ぱんさえあればもしかしてできるかも、という気がしているのです。わたしでも、この手でなにかを作り、商うことができると」

それは明け方の夢のような、かすかな手ごたえだった。本当にそれが成せるのかはわからない。だけど、ぱんにどことなく感じた懐かしい気配が、喜助から離れなかった。きっと作れる、作るのだと、喜助はわけもなく信じている。

なにを突拍子もないことをと、笑う者はいなかった。清吉は「知っていた」とでも言うようにしたり顔で頷いた。

「おまえがそこまで入れあげるとは、ずいぶんたいした食べ物らしいな。おまえの仕事ぶりは見てきたつもりだから、あながち法螺《ほら》を吹いているわけでもなさそうだ」

「当たり前だろう」

喜助がむくれてみせると、清吉は声を上げて笑った。

「まあ、病人にも好ましいんじゃないか？　病を得ると心細いものだから、食事が面白いだけでも治りが違うだろうし」

「ああ、面白かことが一番ばい。うまかならなおよか」

冥丹先生も楽しげに言い、「ならば二番ではないですか」と清吉に軽口を叩《たた》かれている。

「うまいんですよ。いい匂いで、ふわっとして雲みたいなのです」

力んで伝える喜助の耳に、「わしも食べてみたいな」という声が届いた。

平十郎だ。俯き気味になにか思案していると思ったら、ぱっと顔を上げ、「その話、一口乗ろう」と言った。

「えっ？」

「喜助さん、おぬしの望みに乗ると言っておるのだ。おぬしはすぐにその用意をしなければならんぞ。同じことを考えておる者が、いつ両国あたりに屋台を出すか知れたものではない」

まるで、そうなってはすべてが水の泡だと言いたげであった。

「ええ、そうですね。まずは江戸に帰って長屋を探して――」

「そんな悠長なことを言っていられるか！」

両手で肩をつかまれた。平十郎の目は怖いほどに真剣だった。

「おぬしは一刻も早く江戸に戻るのだ。向こうならいくつか紹介できる見世もある。

そこで食べ物作りのいろはを学び、ぱん作りを目指すのだ」

「え、ええ。わかっております。では早いうちに、わたしだけで江戸へ発つことに——」

「誰が一人で帰れと申した！」

平十郎が焦《じ》れた口調で告げた。わけがわからず、喜助は目を白黒させる。

「おぬしも明日、わしと江戸へ帰るのだ。船に乗ってな」

第三章　大江戸商い事始

一

火にかけ、木蓋《きぶた》をした釜《かま》の中で、しゅうしゅうとかすかな音を立ててそれが焼けていく。残暑に加え、竈《かまど》の熱で汗みずくになった喜助は、目に入った汗をぬぐってから蓋を開けた。

ふわりと、玉手箱のように蒸気が舞い上がる。焼き加減は悪くなさそうだ。落ち着いて釜を下ろし、中をよく見てみた。

「うーん……」

また同じことだ。水を混ぜて捏《こ》ね、平たく伸ばした小麦粉は、ちゃんと食べられるものになる。だが、決してふんわりとはしていない。まるで焼いた団子のようにもっちりしていて、香ばしさもほとんどない。しかも、釜に生地がくっついてしまい、無理に剝《は》がそうとしたら裂けてしまった。

「これなら、『まんじゅうのほうがいい』とみな思うよな……」

生地に塩や油、砂糖を混ぜたりもしてみたが、味には少し変化がついてそれなりに食べられるものの、土台はたいして変わらない。焼き方が悪いのかもしれないが、長屋の竈ではあまり温度も上げられないし、どうにも心もとない。

色合いも、もともと小麦は精米ほどには白くすることができないために、茶色がかっていて粒の食感もあり、おいしそうな焼き目がつきにくい。出島では、格別な焼き方をしていたものか、匂いも色もよかった。そしてなにより、中の生地が綿か雲のようにふんわりと膨れていた。

「どうしようか」

やはり、「ふんわり」をどうにかしなくては。ため息をつきながら、喜助は畳に大の字になった。暑くてたまらないが、火の始末をするのも面倒だ。蜻蛉《とんぼ》が行き交いはじめたのに、夏はまだ続いている。

慌ただしく長崎を出立した喜助は、小倉《こくら》まで出て平十郎が持つ帆船に乗せてもらい、一路大坂へと向かった。最初こそ船酔いに苦しみ、冥丹先生が持たせてくれた薬をよすがに、死人のように横たわっているしかなかったが、体が慣れてきたのか、それとも瀬戸内の波の穏やかさのおかげか、徐々に気にならなくなっていった。往路で散々苦労した峠も川も、飛ぶ鳥のようにあっけなく過ぎ去っていく。

またこの景色を見ることはあるだろうかと、喜助は喜びとともに一抹の寂しさを味わった。それは、旅が終わるということの実感でもあった。確かにこの旅では、よい経験もしたし知己も得た。だが、ぱんの製法まで学べたわけでもないし、料理も商いも素人の自分がどこまでやれるのか、雲をつかむような気分であることも、また事実だ。

大坂、道頓堀《どうとんぼり》の大賑《おおにぎ》わいを川向こうに見る宿で、喜助はたまらず平十郎にそれを打ち明けた。決断の早いこの大商人には「なにを意気地のないことを」と叱られるかと覚悟していたけれど、歌舞伎、浄瑠璃《じょうるり》、はてはからくり芝居まで揃うという町の光をどこか懐かしげに眺めながら、「わしもそうだった」と言った。

「わしの生家は川越の農家でな。あそこは焼き芋が名物だろう？　農家は自分で江戸まで芋を持っていくか、江戸に商い場を持つ商人に売っておった。だが、子供のころからどうにもそれでは具合が悪いと不満に思っていたのだ。あいだに人も時もかかりすぎる。だから十五のとき、材木問屋の川舟に『うちの芋も江戸までのせてくれ』と掛け合いに行った。親戚《しんせき》の爺《じい》さんが江戸で焼き芋の屋台をしておったから、こっちでのせてあっちで爺さんに受け取ってもらうだけで、簡便だし安く済むと思ったのだ」

さすがは将来の大商人、そうやってとんとん拍子に成功したのかと思ったが。

「結局、それはいろいろな付きあいもあるからと両親《ふたおや》に反対されて実現しなかった。だがな、そんなところを見ていた材木問屋の主《あるじ》が、わしを気に入ってくれてな。隠居するさいに見世の株を譲ってくれたのだ」

「はあ、そんなこともあるのですね」

喜助は感心して頷《うなず》くばかりだ。平十郎は苦笑した。

「なにごとにも慎重な親とはそりが合わなかったこともあり、わしは二十歳で材木問屋の主になった。先代もぼんくら息子をさっさと婿に出していたし、他人だろうが見込みのある者に継いでもらったほうがお店《たな》のためにもなると言っておった。血縁よりも実利を重んじることは、お武家でも商人でもよくあるだろう？　まあ、ちと若すぎたとは思うがな」

湯呑《ゆの》みを両手で包み、一夜《ひとよ》の光と音に身をゆだねるように続ける。

「株を買うために借財まで作って、勢いでお店を持ってしまった。最初は番頭どころか手代にまで軽んじられるし、商いのことはさっぱりわからん。すぐに『しまった』と後悔したな。だが、石は転がりはじめたのだからしかたがない。手代に勘定帳の書きかたから教わりながら、がむしゃらに走ってきて、三十年が経った」

そして歯を見せて笑う。

「あのとき、唯一わしを侮らなかった十歳の小僧がいた。侮ることすら知らなかっただけだろうがな、そのままの気性で番頭にまでなって、この旅にもついてきておる。息子は戯作者《げさく》になると言って早々に家を出たし、いずれわしが身を引くときは、やつに見世を託すつもりなのだ。喜助さんは、やつと少し似ている」

話が長くなったなと言いながら、平十郎は大好きなまんじゅうをかじる。船旅のあいだも毎日欠かさず食べていた。番頭には隠れて。

「わしは、先代とは考えが少し違う。先代はわしのような、思いつきばかりで先走る軽輩に見込みをかけたらしいが、わしはひたすら真面目に励み、人を思いやれる人物のほうが好ましい。なにか言いたげだな。世の中にはそのような人間、いくらでもおると言うか？　そのとおりだ。それのなにが悪い？　傑物なんぞこの世にはおらぬ。みな生きるために励むが、励む者といっそう励む者とがおるのみだ」

そこで、例の番頭が仕事の用向きで訪ねてきたので、話は終わりになった。

その後、淀川《よどがわ》を舟で京まで上り、そこから伊勢《いせ》の白子《しろこ》へ歩いた。次は、白子から沼津《ぬまづ》まで船。荷は外海を行けるが、人は江戸が近づくと関所の都合で歩くしかない。それでもだいぶ早道だ。喜助の境遇ではとても船になど乗れるはずもなかったのに、平十郎は「わしからの貸しにしておく」と歯を見せた。

「ぱんの商いを始める目処《めど》がついたら文でもくれ。その日から数えて……そうだな、十年後に十両返してもらおうか」

喜助は苦笑いするよりなかった。本当に返すことができるだろうか？　だが、平十郎はなにかを信じているようでもあった。なあなあにして「返さなくてよい」と言わないところも彼らしい。きっちり証文を作ってもらい、品川《しながわ》で別れた。

「喜助さんの商いがうまくいけば、きっと世の中は変わるだろう。きっとな」

平十郎はそう言って、四角い顔をほころばせた。

「こんにちはぁ」

喜助が目を閉じてもの思いに耽《ふけ》っていると、軽やかな声とともに長屋の戸がガタガタと開いた。とたんに「わっ、暑い！」と部屋の熱気に驚くのは、久しぶりに会うおりんだった。

「ああ、ごめんなさ――いや、ごめん。火を使っていたものだから」

喜助が慌てて飛び起きて竈《かまど》を始末するのを、おりんは笑いながら止めた。

「急ぐと危ないわよ。気にしないで、ちょっと様子を見にきただけだから」

「そうだ、どうしてこの場所が？　まだ帰ってからゐの屋には顔を出していなかったのに」

「春斎先生が報《しら》せてくださったの。私が、喜助さんが帰ったら教えてって頼んでいたから」

喜助は、帰着の当日に春斎先生の家に転がり込み、約束していたいくばくかの薬種を届けた。長崎では慌ただしくしてしまったので、帰りに大坂で見繕ったものだ。まあ、長崎からは清吉がたっぷり持ち帰るだろう。戻るのは寒さを避けて、来年夏になるはずだった。

薬種の見返りに、春斎先生は喜助の身元引受人になってくれたので、次の日住まいを借りるとき助けられた。長屋の見当は旅のあいだにつけていて、空きを確かめるなりすぐに決めた。広大な浅草寺《せんそうじ》の領内、東《あずま》橋に近い寿徳院《じゅとくいん》の境内に建つ通称「有明《ありあけ》長屋」という。

この一帯に広がる浅草寺領には多くの子院《しいん》が存在していて、表参道に延びる仲見世のみならず、多くの境内では参拝者向けの屋台のほか、長屋すら営まれている。そこに住めば、繁華な浅草の中でもあることだし、食べ物を売るには都合がよさそうと思ったのだ。とくに、寿徳院は賑《にぎ》わう仲見世からほんのわずか、浅草寺の五重塔を見上げる位置にある。そんな中でも周りは同じような子院に囲まれているので、騒がしさはあまり感じない。

「いいところを見つけたじゃない。お寺の中ならなにかと安心だし」

居着いたばかりで大したものはないにしろ、おりんに部屋をきょろきょろ見られ、居心地が悪い。喜助はおりんを外に連れ出し、寺内の杉の木や池のそばを歩いた。

「じつは、長崎で親切な人たちに会って――」

喜助は、向こうでのいきさつを手短に教えた。冥丹先生や平十郎のこと、そして出島に入り込んで猿を追いかけた話がいたく気に入ったようだったが、最後に喜助が船で帰ってきたことを知るや、おりんは大笑いした。

「ずいぶん早く帰ってきたと思ったら、そんなことになったの。いいなあ」

出立前、おりんは「私の代わりに世の中を見てきて」と言っていた。見世番の代わりがいないし、旅の資力もない――というだけではなくて、女人は関所を通してもらうのに難儀するので、参詣《さんけい》や湯治などのはっきりした用向きがない限り、むやみに出かけられないという事情もあった。お伊勢《いせ》参りならともかく、長崎は遠すぎた。

「でも、無事に商いの種を見つけられてよかったじゃない。私もその『ぱん』というものを見てみたい」

「いや、まだまだ道は遠いみたいだ。秩父屋さんに紹介の書状を作ってもらって、知り合いだというまんじゅう屋に行ってみたんだけれど――」

長屋を決めたその足で、同じ浅草にあるという老舗に赴いた。そこで同じ小麦粉から作るまんじゅうについて教えてもらったのだ。

だが、知れば知るほど迷いは深まるばかりだ。どうやらまんじゅうというものは、ただ小麦粉と水を混ぜて捏《こ》ねたものではなくて、生地に砂糖と甘酒を入れたものであるという。それによってなにがどう作用するものか、生地がもくもくと膨らんでいく。喜助も見させてもらったが、確かに数刻置いた生地が毬《まり》のようにふんわりしていた。

職人によれば、これを焼くなど考えられないが、焼くにしても火加減が難しいのではないかと言う。鍋《なべ》にくっつくので面倒らしい。下に油でも引けば少しはましらしいが。

いっぽう、蒸籠《せいろ》に入れて大量に蒸せば、ふかふかでうまくなるし薪《まき》代も少なく済む。囲炉裏の灰に入れて蒸す料理もあるらしい。同じ小麦が海を隔て、日本と清、南蛮で料理法が分かれていったということだろうか。さらに、日本でいえば小麦はうどんやそうめんにもなる。昔から米を蒸すなり炊くなりして食べてきたことと関わりがあるのかもしれない。ご公儀も都もなかったころは知らないけれど、もともとあまり「焼く」ということにこだわってこなかったのだろうか。

だが、喜助はまだ諦《あきら》めきれなかった。まんじゅうはふかしたてこそうまいが、一日も経てば硬くなってしまう。蒸気の力で作るので、その作用が失われればおのずと食べにくくもなるだろう。持ち運びには適さない。

だが、ぱんならどうか。

そう思い、まんじゅう屋から小麦粉と甘酒を購《あがな》って、喜助は自力で生地作りをやってみた。張り切ってたっぷり夜のうちに捏ねておき、翌朝はまた別な見世——酒蔵と小料理屋——へ書状を携えて見学してきたのだが、日暮れどきにくたくたになって帰ってきたら、長屋の前に人が集まっている。

「あんたの部屋から妙な臭いがするよ」

知り合ったばかりのおかみさんに言われて見れば、狭い台所、鍋の中に入れっぱなしにしていた生地が、残暑の日に当たってすっかり蒸れている。朝、揚げうどんの試作にも腐心していたら、部屋中たまらない暑さになっていたので、喜助は逃げるように出かけたのだったが、それも悪かった。生地は腐っていやな酸っぱい臭いを散じさせており、「変なものを作らないでおくれ」とおかみさん連中に釘《くぎ》を刺されてしまった。ただでさえふらふらしている身の上、越してきた直後にこれは痛い。寿徳院にご注進されては追い出されてしまう。

「暑さが駄目だったとは思うのだけど、わたしは考えを変えたんだ」

失敗談に苦笑したあと、喜助は訥々《とつとつ》と話した。

「いざ凶作ともなれば、酒米は真っ先に統制されてしまうだろう？　甘酒に頼っていればそのときぱんが作れなくなるし、米のためのぱんのはずなのに本末転倒だ。甘酒は使いたくない」

それは意外なことだったようで、おりんは目を見開いて喜助を眺めている。

「そこまで考えているの……」

「いや、絵に描いた餅《もち》で終わるかもしれないけれど」

「大丈夫よ。だって、喜助さんは出島で本物のぱんを食べたんだもの。オランダは政《まつりごと》が不安定になっていて、やっとこさ交易している状態なんでしょう？　小麦粉は日本で調達していると思うけど、甘酒ってあっちの国にもあるの？」

「いや、あちらでは米をほとんど食べないようなんだ。酒なら葡萄《ぶどう》酒や蒸留酒を呑《の》むとは聞いたけれど、甘酒は聞いていないな」

「だったら、生地に甘酒を使ってはいないのよ、きっと。甘酒のなにがふんわりに作用するのかわからないけれど、似たような別のものを使えばそれが叶《かな》うということだし、それほど珍しいものでもないはず。だって、私たちが白米を食べるように、毎日食べるものなんでしょう？」

おりんは出島を見たわけではない。それは想像だけの頼りない考えではあったが、不思議と喜助は勇気づけられた。

「そう、だよな。うん、きっとそうだ」

とはいえ、どうすればふんわりするのか、わからなければ動きようもない。

「酒の力なのかな？」

「でも、甘酒は『酒』というけれど酒精は入っていないでしょう。子供でも飲んでいるわよ」

「たしかに、わたしでも飲めるくらいだから……」

ならば、砂糖などの甘みの力か？　だが、一口食べたぱんに甘みはあったが、それは穀物のじんわりとした甘みであって、砂糖などがことさら加えられている様子はなかった。喜助も作ってみたが手ごたえはない。

「いずれ、いつかそれを見つけられるように試し続けていくしかないわね」

おりんの笑顔につられ、喜助も頷《うなず》いた。

「それまで――と言うのは申し訳ないんだけれど、うどんの揚げ菓子をちゃんと売っていこうと思っているんだ」

「あら」とおりんは驚いたようだった。

「旅立ち前の話、本気だったんだ？　ぱんが見つかったからいいというわけじゃないのね」

「もちろん。ぱんがうまくいくかもわからないし、家賃も払わなくてはいけないから……」

後ろ向きなことをもごもごと言う喜助に、おりんは力強く頷いてみせた。

「いいのよ。じつは、私もそれが気になって見にきたの。よけいな気遣いをさせちゃうかな、とも思ったんだけど。喜助さんがいいなら、さっそく試してみましょう」

二

翌朝早くから、ゐの屋の台所と屋台を借り、揚げ菓子の練習を始めることとなった。

見世は中食どきから日暮れまでだが、暗くなってしまうと灯りにも金がかかるし、揚げ物は屋台のみ、夜も禁止とされているので——守らず勝手に商っている天ぷら屋もそこかしこにあるが——早朝だけ借りることにした。なにより、あの不動明王のような親父と顔を合わせるのが気まずかった。

だが、長屋でこれ以上妙なものを作っていると噂されるのは得策ではないし、竈《かまど》も小さいので温度が上がらず思うように料理できない。おりんが出入りすることでさらなる噂を呼び込みそうな予感もした。大人しく、おりんの言うとおりにしておく。

もともと造作が好きだというおりんは、本当に手先が器用だった。うどんを三本、目にも留まらぬ速さで編んでいく。喜助が旅に出ているあいだ、紐《ひも》を使って練習していたらしい。道中、ひたすら歩いて夜には倒れ込むように眠るか、船でもやはり倒れていた喜助には思いも寄らぬことだったが、はじめに気づいていれば自分もどこかでやれたのでは、と悔やまれる。

うどんは存外編みにくいのではと気になっていたが、おりんによればきちんと三つ編みにしなくとも平気らしい。油に入れたときに菜箸《さいばし》で整えれば、簡単に輪の形で固まってくれるという。生地は時を置けばくっついてしまうのが難儀なので、茹《ゆ》でて水で締め、水気を切ったらすぐ打ち粉をつけ、編んで揚げてしまう。

うどんはぼやぼやしているとすぐに揚がってしまうが、食感が残りすぎていても、時が経てばべちょっとしてうまくない。揚げたてを出せるわけではないので、食感が残らないほど揚げてみることにした。ぽきっと歯ざわりがよくなったが、少し硬いのが難点か。それに、生地には塩を入れて捏《こ》ねなければ、粘りが出なくていつまでもまとまらないということも覚えた。

おりんも、見世に出す総菜を作ったりしながら、できるだけ助けてくれた。ふと、喜助のもたつきが気になったものか、横からすっと手を出し、数本絡まったうどんを空で軽くほぐしながら、そのまま油に入れてしまった。むろんふざけているわけではなく、その目は真剣そのものだ。油に浮かぶうどんをすぐに菜箸で整え、輪の形にする。

「これならわざわざ編まなくてもよさそう。油の中で自在に形を作ってくれる」

おりんと目を合わせて微笑みながら、自在なのはこの人だな、と喜助はぼんやり思う。

おりんは小麦粉と油代、そして薪《まき》代くらいは受け取ってくれるが、場所代はいらないと言う。その代わり、喜助は毎日せっせと見世中を掃除して回った。

昼前、親父――名は長兵衛《ちょうべえ》というらしい――が小料理屋の二階から下りてきて天ぷらを揚げはじめる前に、喜助はこそこそと退散する。なんらやましいことはないと神仏に誓って言えるが、それでもやはり気まずいのだ。おりんと二人ぶん、土産でも買ってくればよかっただろうか。いやいや、それではよけいに気にしていると思われてしまう。
二、三日経ったころ、喜助はふと思いついたことがあって、丸めた生地をそっと油に入れてみた。長崎で似たような菓子を食べたので、もしかするとこれもあのようにさっくりと仕上がるかと思ったのだ。
だが、油に浮かんだ生地はぎゅうぎゅうと怪しい音を発し、まるで闇の中から見知らぬ獣が呼びかけてくるようだ。なにかがおかしい……。喜助が屋台から台所のおりんを呼びにいこうと踵《きびす》を返したすぐ後ろで、ぼん！　と大砲じみた音を立て、それは爆《は》ぜた。

「ちょっと！　なに、いまの音は？」

慌てて駆けつけてきたおりんを押しとどめ、喜助は青ざめて呟《つぶや》いた。

「……やってしまった……」

どうやら、なにかを違《たが》えているらしい。長崎の菓子は小麦粉と水だけでなく、ほかに卵や砂糖も入っていたようだったから、そのあたりが関わるのかもしれない。

いずれにしろ、大きな塊を揚げるのは危ない。おりんにも苦言を呈され、喜助は首《こうべ》を垂れるばかりだ。

さらに二、三日。ようやく喜助一人でも揚げうどんが作れる目処《めど》がついたころ、季節は秋に移っていた。おりんに頭を下げ、あとは長屋でやってみると言ってゐの屋を出た。

ほっと一息つくとともに、商いの支度はまだあったのだと思い至る。

寿徳院の総元締めは一応寺社奉行《じしゃぶぎょう》ということになっているが、境内の長屋や見世は町奉行《まちぶぎょう》の下にある、らしい。

なんともややこしいことこのうえないが、町奉行といえば江戸の町方をすべて見なければならないのに、こんな小さな長屋に関わるはずもない。よその町の長屋のように名主がいるわけでもなく、何百もの浅草寺子院長屋を何人かの家主が受け持っているようなのだが、住人には所在も知れない。とりあえず大家にあたるのはここ、寿徳院の別当なのだと隣のおかみさんに教えられ、長屋から二十歩ほど先の小さな僧房を訪ねた。

入るときも挨拶《あいさつ》したが、別当は「鶴仙人」とでも呼びたくなるような、細くて静かな老翁だ。喜助が棒手振《ぼてふ》りを始めたいと報告すると、仕事をしている様子もない喜助が案じられていたものか、幽玄な微笑みとともにあっさり許された。その代わり、よその子院で境内を使う屋台の人たちと同じように、数日にいっぺんの境内清掃を頼まれたが、お安いことだ。掃除は体にしみついている。

次に、古道具屋や質屋を回り、商売道具を求めた。どのようにして売るのかは、ぼんやりとだが考えてある。両端に竹の編み籠《かご》がぶら下がった天秤棒《てんびんぼう》を選んだ。籠の中に油紙を敷き、片方には砂糖をまぶした揚げ菓子、もう一方には塩味のものを入れて選べるようにするつもりだ。お代は、塩味が一つ四文——串《くし》団子一本とか、天ぷら一つと同じだ。そして砂糖味が五文と考えている。やはり、砂糖が高価なぶん値も上がる。いくら近年和砂糖が広まってきたとはいっても、塩の十倍はするのだ。揚げ菓子にはまぶすだけなので、一つ一つに使う量はさほどではないのだが、数が多ければそのぶんかさむ。

　じつは、喜助は出島での給金の代わりとして、巾着《きんちゃく》一つぶんの砂糖をもらってきていた。長崎にはそれを銭に替えてくれる見世がいくらでもあったが、いずれ自分が商いで使うものだし、と考えてそのまま持ち帰っていた。二日間の重労働の成果が巾着一つ――と思えば、いかに砂糖が高価《たか》いかわかる。砂糖と塩、試しに二つの味を売ってみて、値の高さから砂糖が敬遠されるようなら、潔くやめて塩だけにしようと考えている。


　次の日。十月の空はどこまでも晴れわたっていた。早くから揚げ菓子を作っていた喜助は、朝餉《あさげ》の時間に合わせて天秤棒を担ぎ、外に出た。まずは有明長屋のおかみさんたちに声をかけると、「ようやくあんたの正体がわかったよ」と笑いながらみんなが買ってくれた。

「よし、いい調子だ」

　満を持して外に出た。だが、予想に反して誰も声をかけてくれない。ほかの棒手振りの真似をして、「揚げ菓子ィー」と節をつけて声を出してみたものの、さっぱりだ。「甘いよお、しょっぱいよお」とやけになって言いながら歩いたけれど、寺前の通りは仕事に向かう大工や商人ばかり。よその長屋を覗《のぞ》くと、すでに炊けた米に棒手振りから買った青菜や魚を調理して、食事が始まっている。揚げ菓子の出番はなさそうだ。

ならばおやつどきはどうかと、一度帰宅し、昼過ぎにまた出てみた。今度は朝よりもよかった。寺子屋から帰った子供たちが寄ってきて、輪になった菓子を見せるとワッと喜んで買ってくれたのだ。ただ、やはり子供は砂糖味が欲しいが、少し高いらしく、四、五人で金を出し合い、ちぎって食べている。「揚げ餅《もち》みてえだ」と一人が言った。

結局、売れたのは全部で十七個。張りきって五十個も用意したのに三分の二も売れ残ってしまった。このままでは眠れないと、喜助は疲れた体を引きずって日暮れの両国まで歩いた。

さすがに江戸で一番食べ物が集まる場所だけあって、広小路にはさまざまな屋台がひしめいている。とは言っても、人が多すぎて天秤棒を担ぐ喜助は邪魔でしかない。両国橋とそのたもとを避けて、橋の近くへ流れ込む神田川に沿った道のあたりを流した。このあたりは柳原《やなぎはら》通りといったか。

ただ、やはり数々の屋台から漂う音と香り、そしてこれでもかと大盛りになった総菜や菓子の見た目には敵《かな》わない。衣をまとった魚がじゅうっと油の海に入る音、七輪で焼く秋刀魚《さんま》の匂いと煙、ぱたぱたと躍るうちわ。醬油《しょうゆ》団子の焦げ目と、ずらりと並ぶ鮨《すし》のつや。

喜助からは、小腹を空かせた酔漢が通りすがりに何人か買ってくれたが、仲間と肩を組んでふらつくあの様子では、明日の朝にはなにを食べたか覚えてなどいないだろう。たった一つの菓子を買ってもらうのがこれほど難渋なことかと、喜助は絞られた雑巾《ぞうきん》のようになった心で思った。

この、川べりに植えられた柳をたどって行けば、すぐにゐの屋だ。だが、初日の結果をおりんに報《しら》せることはどうにもためらわれた。柳十本ほどの距離が、果てしなく感じられる。

「おい、見かけねえ顔だな」

暗がりから、ふいに低い声が響いた。ぎくりとして足を止め、壊れたからくり人形のようにぎこちなく振り返ると、川べりの反対側、郡代屋敷の長い塀が途切れた路地の陰から、いかにも渡世人といった様子の男が三人、懐手で喜助を睨《にら》んでいた。

まずい。このあたりを仕切っている親分か、その仲間か。明るいうちは長屋に近在の農家だとか房総《ぼうそう》の商人も野菜や貝を売りにきているので、棒手振りの領分などあってないようなものだと思っていたが、繁華な両国——それも夜となるとまた道理が違うのかもしれない。

「す、すみません」

なにか言われる前に、喜助は蚊の鳴くような声で謝った。こんな声が自分から出ているということが信じられない。みじめさと恐ろしさがないまぜになって総身に行きわたり、両の足で地に立っている心地すらしなかった。

男たちは無言のままで、喜助を見据えている。せめてなにか言ってくれと、喜助は浅い呼吸とともに思った。そうすればいくらでも謝るし、言い訳もするのに。

じりっと、そのうちの一人が歩を詰めてきた。たったそれだけのことが喜助には耐えきれず、天秤棒を地に下ろして一礼すると、脱兎《だっと》のように駆けだした。むろん、ゐの屋とは反対方向、両国橋のほうへと。

提灯《ちょうちん》の明るさに晒《さら》され、人混みに紛れるとようやく震えはおさまっていった。それでも半身を置いてきたような心痛だけは止まず、喜助は長屋に帰ると夜着をひっかぶって目を閉じた。

眠りはなかなか訪れてはくれなかった。

三

「喜助さあん、いったいどうしたのよ？」

朝、そんな声とともに腰高障子が開く音がした。

「わっ、今日は掛け金もしないで寝てる！」

わざわざ夜着から顔を出すまでもなく、おりんが来たのだと知れた。

「昨日は商いの調子を教えてくれるかと思っていたのに、見世へ来なかったから。体の調子が悪いの？」

「いや……」

昨夜、なにがあったのかなど、わざわざ言いたくもない。言葉少なに答えながら喜助がのろのろと起き上がると、襷《たすき》がけしたおりんが安堵《あんど》したような顔で立っている。巾着から経木を出して開いた。

「こんなものを思いついてね。砂糖と水を煮て、蜜《みつ》にしたものを揚げ菓子につけてみたの」

なるほど、揚げ菓子の下半分に砂糖が固まってついている。

「ほら、粉砂糖をまぶすだけだと手について困るじゃない。半分だけ蜜がけにして油紙にくるんでしまえば、手が汚れないし持ち運びがもっと簡便になりそうでしょ？　だから――」

そこでおりんは一度言葉を切り、「ねえ、聞いているの？」と怪訝《けげん》そうに顔を近づけた。

「ああ、ええ、もちろん」

「喜助さん、なんだか変。昨日、悪いことでもあったの？　そういえば、天秤棒《てんびんぼう》は――」

長屋を見渡しはじめたおりんに、「大丈夫だから！」と嚙《か》み合わないことを言い黙らせた。

「面白い工夫を教えてくれてありがとう。今日はちょっと調子が出ないから休むけれど、明日からはまた揚げ菓子を作るから……」

畳みかけるように早口で話す喜助の顔が、妙に腫《は》れぼったいことからおりんはなにかを察したのかもしれない。「そう……」と気づかわしげにして、言葉を探すように沈黙してしまった。

居心地の悪い空気が漂う。そんなところに――。

「お、いたか」

　突然、坊主頭の大柄な男がぬっと顔を出した。昨日の無頼たちの仲間が追ってきたかと思い、喜助は息を呑《の》む。が、着崩した黒衣には見覚えがある。それどころか、ずいぶん見慣れていた。長崎にいるはずの清吉ではないか。

「お、おまえ……どうして？　長崎で事故にでも遭ったのか？」

「誰が幽霊だ。幽霊がこんないい日和の朝に出歩くか」

　おりんはすでに清吉の到着を知っていたらしく、「あら、おはよう」なんて言っている。

「遊学は切り上げた。秩父屋さんが計らってくれていてな、おれも船で帰らせてもらったのだ。昨日着いて、ゐの屋でおりんちゃんと一緒におまえを待っていたのに、現れなかったから」

「すまない……。みんな待っていてくれたのか」

「冥丹先生も来たんだぞ」と、清吉は意外なことを言った。

「先生は南蛮の医術と薬種には詳しいが、逆に和漢のほうは心もとないとおっしゃってな。ならば春斎先生のところに来ればそれが学べると話したのだ。そうすればおれも引き続き冥丹先生からいろいろと学べるし、なにより宿代がかからない」

冥丹先生も宿暮らしだから、それが浮くのなら渡りに船だろう。ただ、春斎先生に承諾を得てから来たのかは怪しいが。弟子が遊学先の師を連れて、ずいぶん早く船で帰ってきたと聞けば、さぞかし春斎先生は驚いたことだろう。

いや、清吉の性質を知っているから、案外こんなものかと思ったのかもしれない。喜助の周りには、思い立ったらすぐに動く人間がずいぶん多い。

「おお、うまそうなものを持っているな」

清吉はおりんが持つ揚げ菓子に手を伸ばしたが、おりんはぴしゃりとそれを打ち、喜助に渡した。

「清吉さんは朝餉《あさげ》を食べたんでしょう？　喜助さんはまだなんだから。どうせならうちからおかずでも持ってくればよかったわね。残りもので悪いけど」

「いや、そんなことは……」

もごもご言いながら揚げ菓子をかじると、砂糖の蜜がけは思いのほか甘い。それを伝えると、おりんは「けっこうたっぷり砂糖を使っちゃうのよね」などと言い苦笑した。

「価格を上げるか、蜜がけはほんの少しにするしかないかも。たくさん使っても味がくどくなっちゃうことだし」

「甘ければよいのなら、砂糖を使わぬ手もあるぞ」

横から突然清吉がそんなことを言った。

「古来、甘みといえば果物か蜂蜜《はちみつ》。果物の甘みは砂糖には及ばないが、蜂蜜なら同じように甘くてうまいと聞くぞ。まあ、採取するのは難儀だが……」

「難儀すぎるだろう。ほかになにかないか？」

「ならば『あまづら』はどうだ」

清吉は胸を反らせる。

「葛《かずら》──蔦《つた》の甘い汁を集め、煮詰めた蜜だ。王朝の時代から都で使われてきた、由緒あるものだぞ」

「蔦って……そのあたりの荒れ寺やら農家の納屋なんぞに這《は》っているあの蔓《つる》のことか？」

樺屋時代、喜助の担当は江戸朱引内だったが、何度か手伝いで銚子《ちょうし》や練馬《ねりま》あたりの掛取りにならば出向いたことがある。江戸にも寺社や川原、お武家の屋敷に樹木はあるが、どこか喜助の暮らしとは一本線が引かれたように隔たっていた。

それが江戸を一歩出れば、人と緑が溶けあうように暮らしていて、その繁茂は目を瞠《みは》るものだった。長崎への街道沿いで見た景色もしかり。むしろ、緑が人を溶かす、と言った方が正しいかもしれない。廃屋はあっという間に蔦に覆われ、人の気配などあっさり消してしまう。かつては喜助もそういう場所に暮らしていたはずが、いつしか忘れていた。

「そうだ。その蔓を使う」

清吉は鹿爪らしく頷《うなず》く。「冬のはじめ、蔦を剝《は》がして茎の切り口から汁を集めるのがもっともよいらしいぞ。季節もちょうどじゃないか」

「え？」

「そうよ。いまのうちに試してみましょう」

戸惑う喜助を置き去りにして、おりんまでもが手を打った。

「おれも今日なら体が空いているぞ。冥丹先生は船酔いでげっそり痩《や》せて養生中だ」

ああ、やはり船酔いの薬は効かなかったのかと、喜助は哀れに思うが、いまはそれどころではない。

「二人とも、急になにを言いだすんだ？　いまから江戸を出ると言うのか？」

慌てる喜助を、二人は不思議そうに振り返った。

「なにを言っているのよ、喜助さん。蔦ならそのあたりにいっぱいあるじゃない」

「そうだぞ。おまえ、本当にいい長屋を見つけたな。この寺の裏手には木がたくさん生えているぞ。さぞ蔦も絡まり放題に違いない」

目を見合わせてにんまり笑う友人たちを、喜助はきょとんとして見つめた。


有明長屋を出ると、石畳の境内を挟んで庵《いおり》のごとき僧房や鐘楼、ささやかな庭園が見える。むろん小さな山門と、その正面の本堂もあり、本堂の裏手には十数本の樹木がそびえている。松と杉がほとんどなので紅葉とは縁がないはずだが、そこにびっしり這っている蔦は、上から順に鮮やかな紅色を見せはじめていた。

「ちょうどいい。きっと樹液も甘いぞ」

長崎では、冥丹先生にくっついて山奥まで薬種採集に出かけていたというから、清吉はこういう仕事が好きになったのかもしれない。舌なめずりでもしそうな気配で、妙に意気込んでいる。

仙人別当に蔦を剝がしてもよいか伺いに行くと、境内清掃の一環でそこまでやってくれるものかと、いたく喜ばれた。そういうつもりではなかったのだが、蔦が絡まったままだと木は弱るらしいので、一石二鳥。真面目にやってみることにする。

これほど近くで、仕入れすることもなくたくさんの樹液が採れれば、そのぶん商いにも活《い》かせるだろう。清吉とおりんに手間賃を払うこともできる。

「よし、やってみよう」

喜助はねじり鉢巻きで声を上げた。

そして、日暮れどき。

喜助は、清吉と一緒にものも言わず地面に倒れ伏していた。

「こんな……はずでは……」

枝葉で手も月代《さかやき》も切り傷だらけ、髷《まげ》も乱れて落ち武者のごとくほうほうの体《てい》になりながら、喜助は手近な太い枝を支えに立ち上がった。

木々の隙間から漏れる夕日の残照が弱まっていき、肌寒さがいっそう身にしみてくる。清吉は寝てしまったのか――まさか死んでいないことを祈るが――黒衣を乱して赤い襦袢《じゅばん》を晒《さら》している。その傍らには欠けたお猪口《ちょこ》が一つ。

そう。十本以上の樹木から剝がした蔦をして、これだけの樹液しか採れなかったのだ。

大木にしっかりと絡みついた蔦は、幹に細かな根を張っていて、思った以上に剥がしにくかった。苦労して剥がし、小刀で切ってみたが、たいして樹液も出てこない。切り口を思いきり振ると多少は雫《しずく》が湧いて出て、舐《な》めてみれば確かに穏やかな甘さが心地よかったが、なにぶん量が少なすぎた。最初から無謀な仕事であったのだ。砂糖が普及した理由もよくわかる。

見世があるので、おりんは昼前に帰っている。最初の二、三本を切ってみて、たいしてこの仕事は捗《はかど》らなそうだという予感は抱いていたようだが、この醜態を見られなくてよかったと、喜助は心から思う。

「湯屋に行こうか。それから髪結い床にも……」

半ば独り言だったのだが、それを聞き、清吉もむっつりと起き上がった。

「おれは髪なんぞないから行かん。代わりに枝葉で擦り傷ができた。医者に行く」

医者は自分だろう。清吉流の軽口なのだが、返事をする気力も喜助にはもうなかった。

二人並び、無言で湯屋を目指す途中、寺町を歩く六、七歳の男の子たちとすれ違った。家路を急ぐ彼らの手には、番小屋で買ってきたものか、竹の箸《はし》にからめた水《みず》飴《あめ》が握られている。

静かに行き交い、しばらく歩いたあとで、ぼそりと清吉が言った。

「おい、なにも言うなよ」

「……いや。言う」

先《せん》に、喜助は見学した和菓子屋で教わったのだった。炊いたもち米に細かく刻んだ麦もやしを混ぜ、水を入れて一晩置けば不思議と甘くなる。それを濾《こ》して煮詰めれば、うまい水飴ができると……。

「わたしは、愚かだ……」

百の愚痴をため息の中に押しとどめ、喜助はとぼとぼと歩く。ぱんどころか揚げ菓子を売ることすら、船が行き過ぎるようにあっけなく遠ざかってしまった気がする。寒さの手を引き、夜が容赦もなく訪れてきた。


湯気を立てた天ぷらの皿が、喜助と清吉の前にどんと置かれた。種は鯛《たい》らしく、ふんわりと甘みのある白身の香りが広がる。ほかにも、小上がりには里芋の煮っころがしや葱《ねぎ》入り湯豆腐、紅葉を添えたきのこの握り飯が並び、食べきれないほどだ。

「やっぱり、なかなかうまくいかないわよねえ。成功したら私も料理に使ってみたかったんだけど」

　ほかの客が途切れ、ようやくおりんとゆっくり話せるようになった。

　昨日、湯屋のそばの屋台で清吉と蕎麦《そば》をすすったところまでは覚えているが、どうやら帰ったあと、喜助は倒れ込むように眠ったらしい。夢さえ見ず、気がつけば昼近くになっていた。同じ屋台で蕎麦を食べて髪結い床に行き、古道具屋をまた物色して新しい天秤棒《てんびんぼう》を買えば、もう影が長くなっている。今日もなにもできなかったという後悔を嚙《か》みしめながら、喜助は約束していたゐの屋へ来た。

　今日は、江戸が初めてという冥丹先生に市中を案内していたという清吉が、ひどく眩《まぶ》しく見える。「浅草の遊び場でお姐《ねえ》さんと弓を引いて遊んでいた」と嘯《うそぶ》くが、ちゃんと朝起きただけで立派ではないか。

「それにしても喜助さん、すっかりしょげちゃったわねえ」

　おりんが両の眉《まゆ》を下げ、盆を抱いたまま喜助の隣に腰かけた。さすがに、今日一日なにもしなかったことを責めはしないけれど、こうして案じられるとかえって居心地が悪い。

「わたしには商いの才がないらしいと、ここにきて初めて気がついたよ……」

　喜助は気まずく話した。自然、声もぼそぼそと覇気のないものになる。

「算盤《そろばん》で銀から金への位上がりの計算をするとか、月末に残掛催促のために走り回ることなら得意だったけれど……結局それは樺屋という限られた場所でしか効かない力だったんだ。どこかでわたしは、それをどこでも通じる才だと見誤っていたような気がする」

国元を出て、大店《おおだな》で苦労して手代にまでなった自分が、誇らしかったのは確かだ。どこまでもやれるものと思っていた。だが、それは慢心と紙一重でもあった。料理屋が主な商売相手である樺屋へ、市中の人はじかに買いに来ない。料理屋の主人の顔色を窺《うかが》い、ときには支払いが間に合わないと頭を下げられるうちに、どこかでそういう自分の姿が当たり前なのだと勘違いしてはいなかっただろうか。

「なにを言っているのよ。まだ一日しかやっていないじゃないの」

ところが、おりんはそれを笑い飛ばした。

「最初は誰でもそんなものでしょう。いえ、私だって何年やっても恥ずかしいことばかりかも。いつだって同じよ、人の中で生きるっていうことは」

「働く」でも「売る」でもなく、「生きる」とおりんは言った。

「樺屋では市井の人とじかに話さなくても、奉公人同士でいろいろあっただろうし。人が集まればいやなことは必ずあるでしょ。でも、それを我慢しろって言うわけじゃなくて……ありのままでもいいと思うのよ」

だってしかたないじゃない、と言いながら、おりんは自分のぶんの湯呑《ゆの》みを持ってきて飲んだ。

「できないことはしかたがないのよ。だって今日もおまんま食べなきゃいけないいんだから。そりゃあ、できるように努めたほうがいいのかもしれないけど。少しずつやるしかないじゃない」

「うん……」

おりんに勧められ、鯛の天ぷらに箸をつける。お店時代はめったに食べられなかったこの味は、喜助にとって広い空の下に出たことの証《あかし》でもあり、江戸に寒さが訪れるという予感とも一体のものだった。

「そうだ。くさくさしたってしょうがねえだろ。人間、暇になるとつまらないことを考えちまうんだ。忙しくしていればいいじゃねえか」

清吉もそんなことを言いながら、あたたかい料理を頬ばっている。

「しばらくは揚げ菓子を商うんだろう？　いや……『揚げ菓子』という名前が気に食わねえな。味も形もよくわからん」

「そうか？　だが、急にそんなことを言われてもな……」

「いえ、確かにそのとおりよね。あられやおかきでも売っているかと思うもの。せっかく目新しい食べ物なんだから、必ず覚えてもらえるような名にするのも一案だと思う」

おりんまでもが、目を輝かせてこの話に乗ってきた。

「だったら『唐菓子《からがし》』というのはどうだ？　都のやんごとない方々が食べていたという唐国伝来の揚げ菓子だ。形は細い茄子《なす》みたいだったというが……」

「あら、だったらあまづらが成功すればなおのことよかったのにね」

いまのが傷口に塩を塗り込むような言葉だったと気づき、おりんは「ごめんなさい」と舌を出した。

「いや……そんなことより、わたしはあれの名を変えるなんて一言も言っていないんだけど……」

喜助がおずおずと口を出したところに、二人一緒になって「変えたほうがいい」と押し切られた。

「でも、喜助さんの考え次第だものね。変えるのならどういう方向がいい？」

もはや改名前提となっているらしいが、喜助だってじつは変えたほうがいいだろうと思いはじめていた。ただ、勝手に進められるのが面白くなかっただけだ。

二人に見守られながら、喜助はしばし考え込んだ。やがて、「菓子は駄目だ……」と話しはじめる。

「わたしは、あくまでも食事の助けとしてあれを売りたいんだ。『菓子』と名がつくと、確かによくない。子供のおやつのような印象になってしまうからな。まあ、実際にはそのように食べられるとは思うけれど……わたしのとらえかた、とでもいうか……」

「いいじゃねえか。面白い」

清吉がそう言って頷《うなず》く。「だったら、『菓子』とつかない新しい名を考えれば済むことだ」

「長崎で見た――」

喜助の瞼《まぶた》の裏に、ふいに卓袱《しっぽく》料理のきらびやかな皿がよみがえってきた。

「小麦粉と鶏卵を混ぜて揚げたもの。秩父屋さんが粗悪な品をつかまされてしまったけれど、本当はさっくりとうまいあの菓子。あれに似ていなくもない、と思うんだ。安易に真似たら弾《はじ》けさせてしまったけれど」

「弾けた？　面妖《めんよう》なことを言うなよ」

先日のいきさつを知らない清吉は笑っている。

「まあ、小麦粉を練って揚げたものだから、考えとしては同じほうを向いているだろうな」

「本当は鶏卵を入れられればよかったんだが、それだと値が上がってしまう。だが、せっかくだから名前だけでも借りられないだろうか……」

あれはなんという名だったか。おり――？

「そう、『おりーくっく』だ。『どうなつ』とも呼ぶんだったな」

「おりーくっく……？　どうなつ……」

初めてその名を聞いたおりんは、経でも唱えるようにそれを口の中で転がしていた。

「そのまま使うのはどうだろうな。確かに『かすてら』とか『びろうど』、それこそ『天ぷら』もか。南蛮由来の言葉も多いとは聞くが、お上に知られたら少し面倒かもしれんぞ」

食事はいったん休むらしく、清吉が箸《はし》をお猪口に持ち替えて唸《うな》った。

「せめて、漢字を当ててはどうかな。天鵞絨《びろうど》も天麩羅《てんぷら》も立派な漢字がある。そういう前例もあることだし、まさかあちらの言葉だからといって処罰されるということもなかろう」

「そうだとよいがな」

そこで、清吉が矢立と小さな綴《と》じ紙を取りだした。覚え書き用にいつも持ち歩いているものだ。

「『おりーくっく』はどうも大和言葉としては据わりが悪い。『どうなつ』のほうがよいかもしれんぞ」

「ああ、そうだな。このように……『如何夏《どうなつ》』とでもするか？」

清吉の筆を借り、喜助が大真面目に書いた文字を見て、二人はふきだした。

「いや、悪い。結局は洒落《しゃれ》だよな。面白い、俺も一丁――」

しばらく思案して清吉が書き上げたのは、「胴納通」という文字。

「俺は作るのに関わったわけではないが、これは輪の形をしたものだろう？　だったら、こんなのでどうだ。大きく名を書いた紙を貼って、節をつけて言ってみろ。そうだな――」

清吉は即興で、「胴を通いて丸くおさまる、穴の中には福があるぅ」と謡うように言った。

喜助とおりんは、「おおー」と感心して手を打った。

「なんだかよくわからないが、それらしい気がする」

「そうそう。よく考えると意味がわからないけれど、ありがたい感じ」

「褒められているんだよな？」

清吉も苦笑し、「おれは、いまの世の平賀源内《ひらがげんない》を目指しているんだ」と嘯《うそぶ》いた。

「ぱんの売り文句も考えておくさ。期待しておけ」

「ありがたいな。『胴納通』もさっそく明日から使わせてもらおう」

「あ」とおりんがなにか思いついたような声を出した。

「だったら、売れ残ったどうなつを天秤棒《てんびんぼう》に吊《つ》るしておけばいいじゃない。せっかく輪の形なんだし、見本があればみんなすぐにわかると思う」

「ああ、なるほど……」

次々にたくさんのことが決まっていく。喜助はその量に溺《おぼ》れそうになりながらも、必死で頭を働かせて食いついていった。

一人で悶々《もんもん》と考えていても、浮かばなかったことばかりだ。それになにより、こうして商いについてああだこうだと三人で話すのは楽しかった。もしかして、こんな経験は生まれて初めてかもしれない。広い空の下には、厳しい季節と暮らしとが横たわっている。けれど、自分で風を切り、どこへでも走っていけるのもまた、同じ場所なのだった。

次の早朝から、喜助はゐの屋にまた通うことにした。

無理をして長屋の台所でどうなつを作ろうとしていたが、やはりどうしても手狭だし、竈《かまど》の火も弱い。長屋で揚げ物を作って商うのもまずいことだし、あまり早くから音や煙を出すのも迷惑だ。

それをおりんに相談したら、このあたりは神田の青物市場のおかげで朝から大賑《おおにぎ》わいだし、周りに飲み食いの見世も多く、みんな同じように働いているから大丈夫だと言う。商いに使うのだから、きちんとそれなりの賃料も払うことにして、話がついた。

いまだ気まずいながらも、長兵衛にも頭を下げると、彼は無言で頷いていた。正直に言って、銭がそろそろ尽きかけているので見栄を張る余裕はなかったが、お店《たな》を一軒借りるよりははるかに安くつく。金子が貯まったら屋台でも用意して商いたい。なるべく早くそうするつもりだ。

おりんとともにどうなつを揚げているところに、春斎先生のところから新弟子が使いに来た。「胴納通《どうなっ》」と大書された、文庫に使われるような厚い紙を持っている。

清吉の頼みで、先生がじきじきに書いてくれたという。それにしても、二日酔いなのか知らないが、自分で持ってこないところがあの男らしい。

おりんが用意してくれたうどんが、次々と揚がっていく。前回、砂糖味のほうが割高でも売れたので、こちらのほうを多めに作ることにした。蜜《みつ》状に溶かして少しつけ、油紙に包んでいく。水飴《みずあめ》ではこの紙にくっついてしまうので諦《あきら》めたが、いずれ別の方法も探りたい。質のよい菜種油で揚げたどうなつは、初冬の朝に湯気を立ち昇らせ、ふつふつと囁《ささや》いている。

「では、行ってくる」

作りたてのどうなつを編み籠《かご》に詰め、表に堂々と紙を貼って、喜助は白みはじめた江戸の町へと踏み出した。

第四章　ふわふわはいずこ

一

きりりと冷えた夜明け前の神田に、天が取りこぼしたような初雪がひとひら、降り落ちてきた。

「寒いなあ」

言わずもがなのことを呟《つぶや》き、喜助は肩の天秤棒を担ぎ直した。

日暮れどきにはあれほど賑《にぎ》わっていた両国橋詰も、朝を前にしてしんと静まりかえっている。これほど寒ければ、酔って道端で眠るような命知らずはいないようだ。

以前、恐ろしい目に遭った両国界隈《かいわい》は背を丸めて通り過ぎ、商い場の浅草に戻る。ゐの屋の竈を借りられるのはありがたいが、やはり少し遠いのが難儀だ。早く屋台を手に入れ、徒歩《かち》に費やす時を少しでも減らしたい。そうすれば、客に作りたてを出すことも叶《かな》う。

改めてどうなつを商い始めて、はや一月。寒さが増してくる季節、ありがたいことに売り上げも少しずつ増えていった。やはり、清吉考案の売り文句と貼り紙、おりん発案の看板がわりの見本が役に立っているようだ。なにを商っているのか一目《いちもく》瞭然《りょうぜん》だし、耳慣れぬが妙に面白みのある名づけもよかった。試みにと一つ二つ購《あがな》った人が、数日後に「うまかったよ」と家族や縁者のためにまた求めてくれることが増えた。持ち運びしやすいし、腹が膨れるのでと、講や寄り合いのためにまとめて頼まれることもぽつぽつとあり、そういう日は早起きして大わらわだが、誰かの役に立っているような気がして、嬉《うれ》しくなる。

ひらひらと降る細かな雪に当たりながら、灯りの落ちた新吉原《しんよしわら》を遠目に過ぎ、浅草へたどり着いたころには、すっかり空が白んでいた。

朝餉《あさげ》の支度のため、長屋から出る煙は朝もやが集《すだ》くようで、あまたある浅草寺の子院から読経《どきょう》や鈴《りん》の音がそれぞれに響きわたっている。浅草の、この聖俗が一体になったような不思議な喧騒《けんそう》が、喜助には心地よかった。

「どうなつぅー」

鶏《とり》が朝を告げるがごとく、喜助は朝日とともに声を張り上げた。最初は気恥ずかしかった売り文句も、慣れるにつれ気にならなくなってきた。ただでさえ、江戸の町には同じような棒手振《ぼてふ》りが山といるのだ。石を投げれば棒手振りに当たるだろう。青菜や魚を商う者が多いが、中には錠前直しや鈴虫売りなど、喜助が思いも寄らぬ呼びかけをしている者もある。よくぞ考えつくものだと感心するが、喜助の商いも世の中でいえばそちらの類《たぐい》に入るだろうと、おりんに笑いながら言われた。

「面白いことをやっているんだから、堂々としていればいいのよ」

そういうものだろうか。おりんも清吉も、ずいぶん思いきりがよくて大人びている。喜助がお店《たな》という一つの「世」しか知らぬせいかもしれないが、どちらかといえばもともとそういう性質《たち》であるとしか言えない気もする。

「胴を通いてぇー、丸くおさまるぅ」

喜助の声は、小雪舞う浅草に響きわたる。それを聞きつけ、周りの長屋から幾人かの者が出てきた。赤ん坊を背負った恰幅《かっぷく》のいいおかみさんと、独り身の痩《や》せた若者だ。

「今日も甘いのを四つもらおうかね。あたしと子供らの中食にちょうどいいよ」

「はい。ありがとうございます」

大店時代の癖が抜けない、喜助の丁寧すぎる言葉づかいも、「面白さ」の一つのようだ。若者が笑いながら、「おれは三つ」と銭を差し出した。

「朝からこれを食えばきびきび働けるってもんよ。飯を炊く手間もいらねえし」

「はい、どうも」

喜助は笑って答えながらも、彼の奥歯が一本抜けていることに気がついた。ほかの歯の色もよくないし、あまり歯を磨かないのだろうか。

まさか、どうなつの食べすぎで——。

喜助は妙な考えを頭から追い払い、客たちの後ろ姿を見送った。考えすぎだ。一朝一夕でああなるものか。江戸っ子はたいがい歯磨きが好きらしいが、みんながみんなそうではないだろう。あの人がふだんから殊に甘いものを好んでいるから、虫歯があるというだけの話だ。

だが、浅草界隈を売り歩くほどに、喜助の憂いは形をとっていった。老若男女、どうなつを好んでよく食べる者ほど、年齢《とし》に見合わず歯が抜けていたり、肌の色つやが悪かったり、妙な太り方をしている。身なりから推し量るに、総じて稼ぎが少なそうだが……。

余計なお世話なのは百も承知だが、喜助の心に一滴落ちた墨は、薄まるどころかどんどん濃くなり、身の内を染め上げてしまった。日没を過ぎ、今月の場所代を払いにゐの屋へ向かった喜助は、見世じまいのあとで明日の仕込みをしているおりんに相談した。

「どうなつが体に悪いかも、ねえ……」

台所で冬瓜《とうがん》の煮物の味をみてから、おりんは噛《か》みしめるように言った。

「喜助さんは、それを案じているんだ？　どうなつばかり食べていると、体の巡りが悪くなって、肌や歯に表れるようだ、ということね？」

「いや、わたしは清吉でもないからはっきりは言えないけれど……」と、喜助は口ごもりながらも、懸念を伝えた。

「どちらかといえば、その人たちの暮らしが気になるんだ。たとえば、飯を炊くにも銭が要るだろう？　米と薪《まき》を買って、それだけじゃあ物足りないから味噌《みそ》やおかずの材料も買い、料理する。だが、その日暮らしの店子は、すべてを揃える銭もないのかもしれない。外で食べたり、できあいの握り飯やおかずを買うにはもっとかかる。それに、その暇があれば少しでも働いて銭を得たほうがよい。だから、手っ取り早く腹が膨れるどうなつを食べている、ということではないかな。甘いものを食べると満足できるし、ほかにおかずも要らないから出ていく銭が少なくて済む」

「確かにねぇ。どうなつは油と砂糖を使っているから、一日のうち一食くらいはそれで済ませられそう」

「それくらいならまだよいのだが……下手をすれば朝昼とおやつまでそれで済まそうとする人もいるんだよ。とにかく腹が膨れれば結構、甘ければなおよし、という考えみたいなんだ。そして、体の巡りが悪くなって表に出てくる……。食事の助けになればと思って売りはじめたのは確かだけれど、こんな極端な食べ方をする人まで出るとは思わなかった」

「まあねえ。きっと、そういう日銭で暮らしている人がどうなつに頼りやすい、ということなんでしょうけど」

喜助はうなって考えている。

「どうなつは確かにうまいし物珍しいけれど、なんでもほどほどのところで楽しむのが一番だと思うんだよ。でも、せっかく買ってくれる人にそのようなことは言えないから」

「喜助さんは優しいのねえ」

思ってもみなかった言葉が返ってきて、喜助は戸惑った。行灯《あんどん》の光に照らされたおりんは、「味見」と微笑みながら冬瓜の煮物がのった小皿を渡してくる。ふんわりと出汁《だし》の匂いをさせた湯気が漂う。

「たいていの商人は、売れさえすればいいと考えるでしょう？　相手の暮らしだの調子だの、いちいち考えたりしないわよ。まあ、そんなことをしていたらきりがないわけだけど」

「ああ、それはまあ……」

「だから、喜助さんは偉い」

おりんの目は揺らがない。いつもこうだ。この人は、しっかり自分の足で立ち、自分の目で前を見据えることができる。

「ぱんをできあがらせればいいのよ。そうすれば、きっとたくさんの食べ方を探せると思う。野菜や豆を混ぜ込んだりとか、割って蒲鉾《かまぼこ》でも挟んでみるとか」

おりんがまた面白いことを言い出した。次々に意表を突くことを思いつく。喜助には思いもよらない。

「おりんさんは、軽やかだなあ」

つい、考えたことが口をついて出てしまった。きょとんとするおりんと目を合わせるのが気恥ずかしくて、俯《うつむ》きがちに話す。

「そうだよな。甘いものはおやつであって、食事には体の巡りをよくするものが、手に入りやすい値であれば助かる人も多い」

「でも、おやつだって欲しいわよ。たまには甘いものでも食べなけりゃ、やっていけないときもある」

おりんのしみじみとした言に、喜助も頷《うなず》く。

「そう、どちらも大事だ。どうなっと米、ぱんと米などと線を引いて争うことはなく、どちらのよいところも楽しめる世になればいい。……いや、そうするんだ」

ぱんによって米の不足を補う。そして、誰も飢えない世を作る。それが喜助の望みなのだから。

「やっぱり、喜助さんでよかった」

ぽつりとおりんが呟《つぶや》くのを、喜助の耳が拾った。なんと訊《き》き返せばよいか逡巡《しゅんじゅん》しているうち、おりんは再び喜助の目を見て晴れやかに言った。

「おとっつあんの勘は間違っていなかったみたい。喜助さんと縁があったおかげで、わたしもぱんに関わることができそうだもの」

「……え……」

喜助は、ふいに言葉を失った。いま、この人はなんと言った？

「あの、ごめんよ。それは、どういう——」

「ああ、以前ね、おとっつあんと樺屋の人が話しているのを聞いたの。『真面目な手代なら喜助という者でしょう。おりんさんとは似合いですね』とかなんとか」

縁談のことだ。もしかして、おりんはそれが破談になったことを知らないのか？

喜助は、突然真っ白になってしまった心を猛烈に働かせている。

いや、そもそもおりんが縁談のことを知っているというのが、意想外なのだ。誰も――きっと父の長兵衛ですらも、それに気づいていない。そして、おりんだけがまだその話は生きていると思っている。

そうか。喜助はようやく得心した。おりんがやけに喜助の商いを手伝ってくれると思っていたが、それはもともとの親切心ばかりではなく、将来の夫に向けたまなざしであったのかもしれない。ただの知人にしては関わりが深すぎた。いまさらそのことに気づく己が日本一の粗忽者《そこつ》としか思えず、喜助は顔を赤らめて俯くばかりだ。

「あの、おりんさん。その話はね、わたしが樺屋を辞めてしまったために」

破談になったのだ、とまで言わさず、おりんがすかさず「どうして樺屋が関わるの？」と訊いてきた。

「確かに樺屋が持ってきた話だけれど、いまはもう関わりないじゃない。もしかして、喜助さんは私のことが気に食わなかった？」

「い、いや、滅相もない」

「じゃあそれでいいじゃない。私と喜助さんの話なんだから」

あっさりと言い、おりんは目を細めた。

「そういえば、喜助さんとこの話を面と向かってしたことがなかったわね。まさか、私だけがその気だった、なんてことはないわよね？」

「え、ええ……それはその」

「じつは、私は最初気乗りしなかったのよ。おとっつあんが珍しく話を進めたから、断るのも悪いかと思っただけで。待っているあいだにどっちかにいい人ができるかもしれないしね。でも」

おりんなりに真面目な顔で、喜助を見てくる。

「喜助さんがお店を辞めたって聞いて、見直したのよ」

真意が測れず、喜助は「はあ」と間抜けに相槌《あいづち》を打つことしかできない。

「うちに油を届けにくる喜助さんは、どこまでも真面目で優しげだったから。波風を立てず、文句があってもぐっと呑み込んで、生涯樺屋で勤め上げるんだろうって思っていたの。もちろんそれはなんにも悪いことではないんだけど」

少し、困ったように笑う。

「小僧さんのために辞めても、威張らず、腐らず、世の中を助けるためにやれることを探す喜助さんは、いままでとは違う顔だった。なんだかいいじゃないって思えたの」

そして喜助の返事を待つように、言葉を止めた。喜助はからからに渇いてしまった喉《のど》を生唾《なまつば》で湿らせ、「あの」と言う。

「本当に、夫婦《めおと》になってくれるんで？」

「当たり前でしょう。いやだ、その約束だったんじゃないの？」

「ああ、まあ、その」

喜助はうろたえている。落ち着いて深く息を吸ったあと、出てきた言葉がおりんと重なった。

「ぱんができたら、夫婦になりましょう」

二人は顔を見合わせ、ふふっと笑った。

そう、ぱんができたら。きっとおりんとはうまくやっていけると、喜助は思う。

行灯に照らされ、はにかむおりんの顔の後ろに、この人がこれまで作ってくれたさまざまな料理の色と香りがよぎっていく。

この人は、季節の大切さを、誰もが見過ごしてしまう路傍や川原のささやかなきれいさを、知っている。そして、それを素直に表すことができる。

そんな人と、一年を——いや、もっと長い期間をともに過ごすことができたなら、きっと暮らしは鮮やかだろうと喜助は思うのだ。

「ほっとした。じつは、喜助さんはそんな話知らないか忘れでもしたのかと、少し心配だったの」

おりんは心底安堵《あんど》したように笑った。喜助は合わせて笑いながら、ひそかに冷や汗を流している。

よかった。妙なことを言わずに済んで……。

そう思っていた矢先、夜の闇に重なるよう、入口からごつごつした影が入り込んでいたことに気づく。

「これからもよろしく頼みますよ」

影よりも闇になじむ声で言うのは、おりんの父、長兵衛だ。

喜助はぴんと背筋を伸ばし、「はいっ」と強張《こわぼ》った返事をした。

二

冬は忙《せわ》しなさとともに過ぎ去り、江戸に新年が訪れた。

大晦日《おおつごもり》を前に、喜助はいくつかの決断をした。まずは、おりんと縁組みの約束をしたこと。ぱんができあがったら、という話なのでいつなのかははっきりさせていないが、密《ひそ》かに喜助はあと一年以内――つまり、文化三年中――にはと思いを固めていた。あまり長引かせるものではないだろうし、喜助自身が、新しい暮らしへの期待に胸が膨らんでいたのだ。平十郎が言ったように、いつよそでぱんが売られはじめるか、といった焦りもある。

だが逆にいえば、ぱんが作れないかぎりは、おりんと一緒になれないということでもある。喜助はそれをできるだけ考えぬようにしながら、商いの準備を進めていた。

まずは、屋台を購《あがな》うことだった。どうなつを売り、材料費や油代などの掛かりを引くと、一日数百文にしかならない。喜助には多少の蓄財があるので、朝に百文借りて夕に百一文返す、というような町の金貸しに頼らずに済んでいるからまだましだが、かつて平十郎に言われたとおり、これではその日暮らしがやっとだ。病でも得てしばらく働けなくでもなれば、あっというまに壊れてしまう。

屋台を買うことができれば、作りたてを売れるし、むやみに歩かなくてもいい。浅草寺の仲見世にでも加えてもらえれば、客のほうから来てくれるだろう。それも、朝からずっと途切れずに。朝作ったぶんが売り切れればもう仕舞い、というこれまでの暮らしでは、得られる益も得られなかったし、はっきりと許嫁《いいなずけ》になったぶん、おりん親子にはむやみに頼りたくなかった。

そう思っていた年末、長兵衛の知人の親爺《おやじ》が隠居して子供と暮らすとかで、天ぷらの屋台を手放すことになった。喜助はこれ幸いと屋台と鍋《なべ》を譲ってもらい、月々返していくことに決めた。値は一両。一日あたりだいたい二十文を、一年かけて返していくつもりだ。

二十年ぶんの油を吸ったその屋台の骨は、まるで磨き上げた大黒柱のようにつやつやと黒光りしている。住処《すみか》である寿徳院の意向で、たいして流行《はや》らない院の境内に置かれることになったのはいささか心外だったが、かえって腰を据えて商いができると思い直した。江戸の屋台の常で、車がついていないのでめったなことでは動かせないし、しかたがない。長屋とは目と鼻の先なので、行き来が至便でもある。

そして迎えた新年。喜助は寿徳院の老別当と話した案を実行に移した。

「寿徳院の名物、胴を通いて丸くおさまるぅ、どうなつだよぉ」

小雪の舞う中、初詣《はつもうで》客の目の前で揚げたどうなつは、存分に音と匂いを散じさせ、人々を引き寄せた。もう喜助もすっかりどうなつ作りが得意になっており、うどんを三本、空で軽く絡ませながら油に入れ、手早く輪の形に整えて揚げるという早業さえ身につけた。それが面白がられたものか、三が日でなんと一分——一両の四分の一の儲《もう》け。松が取れても評判が伝わり、行列することもあった。

何度かおりんや清吉が見に来ていたようだが、いまは一人でやるときだからと、手伝いも断った。そのせいで泣きたくなるような忙しさだったが、発奮していたので疲れはほとんど感じなかった。いつしか、どうなつは江戸の人たちに広まりはじめていて、浅草近辺だけでなく、品川、深川《ふかがわ》あたりからも買いに来ていたし、吉原の遊女へ話の種に持っていくという者もあった。

「おい、こっちが先に並んでいたんだぞ」

「なに言ってんだい。こっちが正しい列さ」

あるとき、客のあいだで小競り合いが起きてしまった。菜箸《さいばし》の先ばかり眺めていた喜助は、客の様子を見ていなかったことを悔やんだ。

「あいすみません。お客さんがた、一つずつ追加しますので、堪忍してください」

安易にことを収めようと、慌ててこんなことを言ったのもまずかった。

「おいおい、こっちにはなにもなしかよ？」

「正しく並んでいたもんが損するのか？」

別の者たちまで文句を言いはじめ、呼び声の「丸くおさまる」もどこへやら、とんだ騒ぎになってしまった。結局、その場にいた者全員にどうなつを一つずつ増やしてしまうこととなり、ひどく落ち込んだ。行列を整然とさせるため、屋台の前に杭《くい》でも打ちたいところだが、石畳の境内では勝手にそのようなこともできない。はじめは並んでいても、みな、喜助の手さばきを見ようとじりじり前に来てしまい、しだいに列が崩れていく。

喜助のほうも、日に百人、二百人と訪れるので、客の並びどころか常連すら覚えられなくなってきた。うろ覚えの顔に「いつもの数」とさりげなく言われて、凍りついてしまうこともある。

小正月も過ぎたころ、喜助は疲れがたたって起き上がれなくなってしまった。せっかく繁盛してきたのに忘れられるのが怖いと、日中の数刻だけはどうなつを売ったが、それだけでもういけない。昼すぎになると力が抜けてしまい、売れ残りと蕎《そ》麦《ば》を口に押し込むだけで眠る日々がしばらく続いた。

「大丈夫か、喜助」

そんなある日の夕刻、さすがにおかしいと思ったらしく、清吉とおりんが連れ立ってやってきた。二人がかりなら追い出されないと踏んだのかもしれないが、もとより喜助にはそんな気力もない。

「商いに力を傾けすぎよ。そんなんじゃ保《も》たないでしょうに」

襷《たすき》がけのまま入ってきたおりんが言い、夜着にくるまる喜助のそばへ、小さな土《ど》鍋《なべ》を置いた。

「『卵ふわふわ』。知っているでしょう？」

聞いたことはあったが、見るのは初めてだった。泡立てた卵とだし汁を煮た料理らしい。蓋《ふた》を外すと、鰹出汁《かつおだし》の香りが湯気とともに立ち昇った。

「暦の上では春だけど、まだまだ冬と変わらない寒さだもの。無理をしては駄目」

前に比べると、おりんの口調が少しだけ気安くなったと思い、喜助は頬を赤らめた。悟られないように俯《うつむ》き、ふんわりと淡く広がった卵を一口掬《すく》う。

「あたたかいね」

しみじみと口から出た言葉に、自分は最近ろくなものを食べていなかったと気づかされた。名のとおりにふわふわに煮えた卵が、雲でも食べるようにするりと胃の腑《ふ》におさまっていく。口から喉《のど》、そして腹へと、熱が移っていくのがわかり、最後には体全体があたたまってきた。

「お客さんの体を心配する前に、自分がちゃんと食べないとね。忙しいとついつい後回しになってしまうのはわかるけれど」

「そうだぞ喜助。いい薬を調合してやったから飲め」

最近、冥丹先生のもとで調薬にすっかり夢中になっている清吉も、紙に包まれたなにがしかの丸薬を手渡してくる。黒いそれは、妙に苦そうな匂いがした。

「またざりがにの腑の石だとか、はたまた人の腑の石だとか、恐ろしげなものじゃないだろうな」

喜助が訝《いぶか》ると、清吉は目も合わさずに「気にするようなことじゃない」と流した。ひとまずこれは飲まず、取っておこうと思う。

「でも、確かに食べ物は大事だね。うっかり忘れるところだった」

喜助は微笑んで、二人にどうなつを振る舞う。残り物なので気が引けたが、おりんはそれをしげしげと眺め、「喜助さん、作るのがずいぶん上手《うま》くなった」と褒めてくれた。

「江戸でも評判じゃない。お品もさることながら、店主の丁寧な態度もいいってみんなが言っているわよ」

「そんな、まだまだ至らないことばかりだ。行列の諍《いさか》いもちょくちょくあるし、怖そうな人が来たら口も利けなくなってしまう」

それは喜助の本心だったが、二人は謙遜《けんそん》と受け止めたのかもしれなかった。

「人気が出ればいろいろな人が来るわよ」

「そうだ。困ったら俺に言え。医者送りにしてやる」

本当はそこまで手が早いわけでもないのに、清吉がまたそんな冗談を言う。「医者は自分だろう」といつもどおりの返事をし、喜助はようやく夜着から這《は》い出した。

なんだか、毎回夜着にくるまってふさいでいるところを二人に慰められているような気がする。

「思えば、喜助と清吉。名前が逆なら塩梅《あんばい》がいいんだ。うちの先生方もしょっちゅう言っている。いまからでも取り換えるか？」

清吉がまた妙なことを言い出した。

「ほら、いつも陽気なおれが喜助。生真面目で清廉潔白なおまえが清吉。それなら名が体《たい》に合っているだろう」

「自分で陽気と言うか。まあ、確かにそうかもな」

「なに言っているのよ」

戯言《ざれごと》におりんも加わってきた。

「みんなをぱんで喜ばせるのが喜助さん。体から病を除いて清らかにするのが清吉さん。これでいいじゃないの」

「ほう」

二人は思わず感心してしまった。なるほど、そういう見方もあるのか。

「まあ、将来そうなればいいがな」

いまだ見習いである清吉も笑う。

「おりんさんの名は、なにか由来があるんで？」

話の流れで、特に考えもなく喜助は訊《き》いた。するとおりんが、少しだけ寂しそうに微笑んだのでどきりとしてしまう。

「私は、実の両親《ふたおや》の名も知らないのよ」

どこか遠い昔を懐かしむような笑みで、おりんは生まれを語った。

「以前《まえ》に、私は天明五年生まれだって話したけれど、それも大体そうだろうってところなの。私の実のおっかさんは、千住《せんじゅ》宿の飯盛女だったらしいんだけれど、客とのあいだで私ができて、産んですぐに死んでしまったそうだから」

黙り込んで聞く二人に、「たいしたことじゃない」とでも言うように、おりんはひらひらと掌《てのひら》を振ってみせた。

「残った私は宿場でたらい回しにされていた。そんな噂をおとっつあん——ゐの屋の長兵衛が聞きつけて、引き取ってくれたのよ。そのときはおっかさん——おかみさんも生きていたから、子がない二人は本当の娘として私を育ててくれた。名に漢字を当てるとしたら、お寺のお鈴だそうよ。きれいな響きが、人の心を落ち着けるからって」

ただ騒がしいだけの娘になったけれど、とおりんは笑ったが、ちゃんと名の通りに育ったではないかと、喜助は思う。

縁もゆかりもない子を引き取るには、長兵衛夫妻も相当の覚悟と手間が要ったことと思う。それでもその子と――おりんと暮らしたかった。おかみさん――長兵衛の妻は病を得たかなにかで亡くなってしまったようなので、父一人子一人でやってきた。

なんだかんだ言いながらも、ずっと父のそばで生きようとしていたおりんの隣に、なにも知らずにのほほんと自分が入り込んだ気がして、喜助は少し後ろめたく思った。

だが、話はまだ終わらなかった。「一つだけ聞いたことがあるの。実のおっかさんは、どこかの農村の生まれだったそうなのよ」と、おりんは顔も知らぬ母を懐かしむように続ける。

「ごく普通の村娘だったんだけれど、あの天明の大飢饉《ききん》で村人の多くが死んじまって、関所を避けるために山を大回りして江戸に出てきたんだそうよ。狼に食われる怖さも上回ってしまうほどの、つらいことがあったんだと思う……」

不意に真顔になり、喜助の目をツと見つめた。まるで、見知らぬ女《ひと》が薄暗がりの耳元で囁《ささや》いているような幻を、喜助は得た。

「飢饉さえなければ、おっかさんはまだ国元で生きていた。みんなと同じように田畑を耕して、季節ごとに実りを喜んで、近くの幼馴染《おさななじ》みにでも縁付いたと思うのよ。きれいな着物を着ることも、白米を食べることもないけれど、きっと満ち足りていたと思う。だけど……」

それを、飢饉がすべて奪ってしまった。

「だから私は、己が飢饉の子なんだと思って生きてきたの。そうしてずっと考えてきた。私がこの浮世に生まれた意味は、はたしてどこかにあるんだろうかって」

おりんの目は気丈だが、障子から透ける月明かりに、かすかに光を帯びている。声も、少し震えた。

「私も喜助さんと同じだった。食べ物を扱って生きろと、どこかで誰かに定められたような気がしていて。幸いうちは天ぷらを商っていたから、いずれ跡を継いでもよかったけれど、育てのおっかさんがやりたがっていた小料理屋もいいなと思って、寺子屋を出てから修業したの。せっかくなら、料理にたくさん工夫をして、みんなに驚いてほしかったから」

だから、おりんの料理はきれいで優しいのだろうと、喜助は考えた。娘の心は亡き二人の母に寄り添っている。そこには神田川べりの若柳や菜の花があり、どこかの村の穏やかな里と森がある。そして、無情な凶作と病をさえざえと照らす、月の光も。

「だから、私もぱんを作って、商ってみたい。たくさんの人がびっくりするのを一緒に喜びたい」

下手な情けや慰めなど、いまはいらないのだと思う。おりんはそれを嫌うだろう。だから、気が利かずおろおろとするばかりの喜助でもよいと思ってくれたのだ。だから、言葉はこれしか思いつかない。

「今年のうちにぱんを作ろう。二人一緒にだ」

壊れものにでも触れるようにおりんの手を取り、握った。

「ええ」

おりんは、泣きそうな顔で笑い、頷《うなず》く。そこに無粋な手がもう一組入り込んできて、「おれもいるぞ」と上下に振られた。

「おい、清吉……」

「冗談だ。冥丹先生は三月半ばに長崎へ発《た》つことになったから、それまで真面目に修業しようと思う。そうすれば晴れておれも医者を名乗れるんだ」

清吉はあっけらかんと歯を見せて、「どんな名を名乗ろうかなあ」と子供のようにはしゃいでいる。

「そうか。みな、きちんと歩んでいるんだな……」

目が覚めたような思いで、喜助は土間に立ち、障子を開けて月を見た。満月から少し痩《や》せた寝待月が、浮世を見下ろしている。

「どうなつを売ることばかりで、ぱんが進んでいなかった。どうにかしようと思う」

喜助の言葉を聞き、後ろから二人が不思議そうに言ってきた。

「どうするのだ？」

「練習するならうちを使っていいのよ」

「いや……まずは湯屋に行ってみるよ」

二人はますます妙な声を上げた。

三

大川沿いの浅草今戸町《いまどまち》の湯屋、亀の湯《かめのゆ》。ありふれた名のこの湯は、もう百年も町方の垢《あか》を流してきたといい、外見にも風格とがたつきを兼ね備えている。幾たびかの大火もくぐり抜けてきたというが、さもあらん。次に大風でも吹いたらバラバラになって飛んでいきそうだが。

小雪が舞う中、ごうごうと激しく燃える焚口《たきぐち》に顔を近づけながら、喜助は「駄目だな、これでは」と難しい顔をした。

「駄目だとはなんでえ、いきなり来やがって失礼な野郎だな」

湯沸かしを担う男衆が、それを聞き咎《とが》めてむっとした。いまにも手にした火吹竹でポカリとやられそうな気がして、喜助はとっさに顔をかばいながら「あいすみません」と情けない声を出す。

「いえ、決して悪い意味ではないのです。火勢が強くて、食べ物を焼くのにはとても向かないなと思っただけでして」

「なに言ってやがる。こんなところで芋でも焼こうっていうのかよ。ったく、与太はよそでやってくんな」

さっさと追い払われ、喜助は路地に走り出てくる。はじめに、焚口を見せてもらう礼として小銭とどうなつを渡したのだが、もうそんなことは忘れられてしまったらしい。確かに、突然仕事の邪魔をして妙なことを言われたのでは、釣り合わない。悪いことをした。

傘も持たずに歩きだしながら、喜助は次の行く先を思案する。念のため、もう一軒見せてもらうべきか。それとも湯屋は諦めて別の見世を探すか……。

じつは、ぱんを作るためには、生地のほかにもう一つ工夫しなければならないものがあった。竈《かまど》だ。

長屋やゐの屋に据えつけられている竈は、当然ながら下から火を焚《た》いて、てっぺんに据えつけた鍋釜《なべかま》を熱する。むろんゐの屋のほうが大きくて立派だし、竈が三つも並んでいるけれど、どれも仕組みは変わらない。樺屋の台所でも同じだった。だが、出島で見た竈は一風変わっていた。まるで大きな鉄の長火鉢でも見ているようで、箱の下で薪《まき》を燃やすばかりではなく、上にも燃える炭が並んでいたのだった。竈というよりは窯と呼ぶべきかもしれない。

じつは、本来ぱんを焼いていた窯は、出島の大火により焼失してしまい、あれは市中のかすてら屋から譲ってもらったものであろうと、平十郎が話していた。かすてらを作る際、上からも熱を加えて四角く焼き上げるために、ああいった格別な窯が入用になるのだという。

　ぱんも、おそらく窯の中に作った部屋に生地を閉じ込め、まんべんなく熱を行きわたらせることで、あのふんわりの一助となっているのだろう。てっぺんまでくまなく焼き色がついていたことも納得できた。やはりあれは、まんじゅうの親戚《しんせき》なのだ。まんじゅうは蒸される道をたどってきたが、それによってもっちりし、焼き目がつかない。どちらにもよいところがある。

　だが、さっそく江戸でかすてら用の窯を探そうと思っていた喜助は、平十郎の紹介で訪れたかすてら屋で、愕然《がくぜん》とするはめになった。

　高価《たか》い。高価すぎるのだ。

　それは出島で見たものと違う形だった。ちょうど火鉢のような、一抱えかそれ以上ほどの大きさの丸い窯に、炭火が入るほどの小さな部屋を持った蓋《ふた》をかぶせる。そうして上下から火を当て、職人がじっくり焼くのだと聞いた。

　その窯は格別な作りだし、ごく普通の竈のような粘土や漆喰《しっくい》も使わない。鉄のみでできているうえ、その見世では長崎で作られた窯をわざわざ船で運んできたのだという。引き釜とか炭釜と呼ぶらしいが、船賃も含んだ掛かりで、日本橋に見世が借りられると聞き、喜助は購《あがな》うことを諦《あきら》めた。かすてらが高価なことの意味が、もう一つわかったような気がする。

ただ、長崎では漆喰の窯のてっぺんにかすてらが入る鉄の小部屋を造作し、取っ手つきの大きな鉄の蓋へふんだんに炭をのせたものもあると聞いた。これならば、注文品になるだろうがもう少し安く作れそうだ。覚えておくことにする。

だが、火鉢は無理にしても、どうにかほかの身近なもので代用できないかと、思わずにはいられない。なにかあるはずだと悩み、はじめに考えたのが湯屋の焚口を借りることだったのだ。

「あそこなら、薪炭の掛かりもなく焼けるかと思ったんだが……」

長い取っ手つきの、鉄の蓋をした鉄鍋《てつなべ》を焚口に入れておくという考えだった。むろんあわよくば、ということだったが、やはり難しいだろう。思いのほか、湯屋ではさまざまなものが焼かれていた。材木の端材だけではなく、紙くず、ぼろ雑巾《ぞうきん》、はては使い古しの下駄やおむつまで。燃えそうなごみがすべて集められているといった様子だ。男衆の前では言うわけにはいかなかったが、あれではとても食べ物を一緒に焼けはしない。むろん、勝手なことを考えた喜助が悪い。湯屋も男衆も、己の役目を果たしているだけだ。

亀の湯からだいぶ遠のいたところで、喜助は自分が風呂《ふろ》に入りにきたということを思い出した。まわりの目を気にしながら踵《きびす》を返し、せっかく屋台を休んだのだから、と己に言い聞かせる。

「ちゃんと、体も休めなくては」

生真面目な喜助は、どうにも休むことが苦手らしいと、自分でわかってはいる。長いお店《たな》時代にしみついた習いなので、いまさら変えられそうにないが、生来の気質もあるような気もする。休むことは悪であるとどこかで思ってしまう。

樺屋を辞め、どうなつ屋台を始めるまでが長かったという負い目のようなものもある。だから、そのぶんを早く取り返したい。

だが、おりんと清吉に口を揃えて昨夜言われた。明日は屋台のことをなにもせず、一日ゆっくり過ごせと。じつは、ぱん作りに関わることも止められた。清吉いわく、「おまえは商いをしていなくても、ぱんのためならどんな無茶でもするだろう」とのこと。そこまでした覚えはないが、清吉にはそう見えているらしく、心外だ。

それなのに、おりんまでもが加勢してきた。

「これだけ人気なんだから、屋台はしばらく休んだっていいでしょう。『骨休め』

とか、貼り紙でもしておけばみんな待っていてくれるわよ。むしろ、それほど忙しいのかとますます楽しみになるかも。そっけなくされると追いたくなるのが人情ってものだしね」

なにか身に覚えでもあるのかと喜助は訝《いぶか》ったが、訊《き》くのも妙な気がして黙った。

正面からなにくわぬ顔をして亀の湯に入り、いつもよりゆっくり湯に浸《つ》かった。遅く起きたとはいえ、まだ昼を過ぎたばかりだから空いている。この時分に湯屋に来ることが初めてかもしれなかった。湯上がりに二階へ上ってみる。ここは客の相手をする湯女《ゆな》を置いていないので、存分にくつろげそうだ。思いおもい、碁や昼寝をする男たちにまじり、薄い茶を飲みながら火照った体を冷ました。

近くでは碁の勝負がいよいよ大詰めらしく、大真面目な顔で向き合う五十男たちを囲み、五人ほどが笑って野次を飛ばしている。その隙間からちらりと見えた盤面は、戯れて大きな毛玉と化したぶち柄の子猫たちを思わせた。

だが、喜助の目は手に汗握る勝負よりも、見物人が持ち込んで食べているものに移った。まんじゅうに大福、焼き芋、せんべい……。

まだほかの湯屋の焚口を見ようと思っていたのだが、漂う匂いのために腹が減ってきた。計画を変えて、先に遅い中食としよう。浅草寺まで二町ばかり歩き、賑《にぎ》やかな仲見世を歩き回った。

　ここは毎日がお祭り騒ぎだが、今日は観音堂の奥で浄瑠璃《じょうるり》の興行がおこなわれているといい、寒さも逃げていきそうな熱気だ。人に揉《も》まれながら鮪《まぐろ》の鮨《すし》をつまみ、醬油《しょうゆ》団子をかじりながらも、喜助の心はどこか上の空だった。団子を焼く七輪を妙に眺め回してしまったし、なにかが焼ける匂いがするたび、そちらへ歩んでしまう。

「焼きたてだよお」

　ふと、喜助の足が止まった。なんのことはない、焼き芋の屋台から呼び声がする。それは格別甘いとでも有名なのか、幾人かが列を作り、三十路《みそじ》がらみの夫婦らしい者たちから紙に包まれた芋を買っている。

　久しぶりにその味が恋しくなり、喜助も並んだ。だが、屋台にはできあがった芋が積まれるばかりで、ここで焼いている様子はない。妙に思いながらも、喜助の番が来た。

「あの、芋はどこで焼いているのでしょうか?」

　喜助の突然の問いかけに、芋を渡しかけていた旦那《だんな》が「ん?」と眉根《まゆね》を寄せた。

「近くの見世だよお」とすかさず答えたのは、銭を扱うおかみさんのほうだ。

「そっちに竈があるから、まとめて焼いて半分運んできているのさ。見世でも売っているから、よかったら寄っとくれ」

見世の名を聞き、まだあたたかい芋を受け取ると、喜助は逸《はや》る心でおかみさんが指し示した方向へ歩んだ。

四

芋、といえば川越が有名だ。中山道《なかせんどう》から板橋《いたばし》で分かれた川越往還を、喜助は歩いていた。板橋から練馬、白子《しらこ》を過ぎたあたりで丘を上り、鬱蒼《うっそう》とした木々のあいだの坂を下りて、根岸《ねぎし》、そして膝折《ひざおり》に至ったところで木賃宿に入った。

夏場なら、日の出とともに歩きだせば夕刻には目指す川越に着きそうだが、あいにく今朝から雪が降っていて、足もとも悪い。途中で一泊するしかないと覚悟はしていた。明日は朝から歩きはじめれば、昼すぎには到着できるだろう。板橋、練馬あたりまではかつて仕事で来たことがあったが、その先は初めてなので少し気を張っている。

昨日、焼き芋屋から帰るなり、喜助は急いで旅支度をした。行き先は川越の秩父屋。文を出すよりも自分で歩いたほうが早いと思ったのだが、急なことなので礼を失するかもしれない。

そう気後れしながらも、商いを急ぐために長崎から船に乗せてくれた平十郎なら、きっとわかってくれるだろうと思い直した。そうしてやじろべえのように揺れる心を持て余しながら、喜助は残りの道をたどった。大和田《おおわだ》、大井、そして「年不取川《としとらずがわ》」という面白い名の川を渡り、川越宿への坂を上る。

道中、路傍に数えきれぬほどの庚申塔《こうしん》があった。その多くが、天明の飢饉《ききん》の供養のために建てられたものだ。すべてに手を合わせることは叶《かな》わなかったが、喜助はできるだけ目礼し、心で安らぎを願った。そのどこかに、おりんの親族がいるのかもしれない。そして、生きてさえいれば往来ですれ違いでもしただろう、幾千幾万の人たちが。


「ようこそおいでなすった、喜助さん」

材木問屋秩父屋は、思っていたよりも大きく立派だった。樺屋もそれなりの大店だったが、間口だけでもその二倍はある。とんでもないところに来てしまったと冷や汗をかく喜助の心を察したのか、通されたこれまた広い座敷で顔を合わせた平十郎は、「土地だけは余っておるのでね」と笑った。

すかさず茶菓が運ばれてくる。春らしく、青いきな粉をまぶした鶯餅《うぐいすもち》だ。心なし先がつんと尖《とが》っていて、本物の鶯を模したようでもある。

「さ、まずは召し上がれ。話はそれから」

主《あるじ》は客に促すやいなや、まずは自分が大きな口でそれを頬ばった。よほど楽しみだったのに違いない。奥方が厳しいと言っていたから、来客でもなければ菓子にありつけないのだろう。確かに、この人ならあればあっただけ食べてしまいそうでもある。もう五十だというのにそれを感じさせぬほど快活なのは、そのような節度のおかげなのかもしれない。

喜助も一礼して黒文字で餅をそっと持ち上げる。なめらかな舌ざわりの餅とこし餡《あん》、そしてたっぷりかかったきな粉の香ばしさに、濃いめの茶がよく合った。

「春の菓子の味はどうかな」

平十郎はまたたく間に食べ終え、喜助のことを目を細めて見ていた。あまり見られると居心地が悪いが、「うまいです」と喜助が言うのを待っていたようだ。「川越はご覧のとおり繁華なる地。江戸にも負けぬ菓子屋が山とあるのだよ」と誇らしげだった。

「確かに、川にはひっきりなしに舟が行き来していましたし、荷揚げ場にも活気がありましたね」

この秩父屋は新河岸川《しんがしがわ》に沿うように建てられていて、材木問屋だと聞いてはいたが、それ以外にも近隣の舟運全般を取り仕切っているらしかった。

新河岸川は下流で大川と交わり、江戸を目指す。荷は、外海《そとうみ》向けの大船と、艀下《はしけ》と呼ばれる小舟とのあいだで積み替えられ、川を行き来する。早舟に乗れば、明るいうちに川越を出て、翌日の昼には浅草の花川戸《はなかわど》へ着くという。歩かなくていいのはありがたい。それらを差配する艀下宿や、荷待ちの水夫《かこ》を泊める舟宿の仕事なども、秩父屋はやっているようだ。だが平十郎に言わせれば、この川越でもっと稼いでいる商人はほかにいくらでもいるという。

「わしは菓子屋や焼き芋屋とばかりつるんでいるからな。もっと仕事を学べと、先代が草葉の陰から怒っておるだろう」

「あ、あの……じつは、そのことでご相談が」

喜助がそう話しかけると、平十郎は意外そうに目を丸くした。

「なんの話だ？　ぱんの件ではなかったのか」

確かに、取り次いでもらうときにそう告げた。ぱんを作り上げる中で、困りごとがあるので聞いてほしい、と。

喜助は、口の端に触れてきな粉がついていないことを確かめると、居ずまいを正した。

「いえ、ぱんにも関わりがあるのですが……焼き窯のことです」

喜助は、先日から悶々《もんもん》と悩んでいたことを明かした。ぱんをふんわりと、できるだけ多く焼くには、どのような窯が必要であるのか。

長崎で見たかすてら用の窯に憧《あこが》れたが、銭が掛かりすぎる。はじめ、家の竈《かまど》と羽釜《はがま》でやってみたものの、うまくいかない。もっとも、これは生地のほうにも障りがあったようでもある。ただやはり多く焼けないことには変わりがないので、天ぷら屋の竈でも試してみた。やはり物足りない。

「そこで、湯屋の焚口ならばどうかと思ったのですが、あそこには燃えるものならごみでも構わず突っ込まれるので、いけませんでした。なるべく掛かりが少なく、ほかの料理に使っておるものをそのまま用いられたらと悩みまして……焼き芋はどうかと思ったのです」

喜助は、話す声に力をこめた。

「浅草の焼き芋屋で、竈を見せてもらいました。見た目はほかの食べ物屋の竈に似ていますが、少し背が高くて、てっぺんのほうに鉄の深皿を埋め込むように据えているらしいのです。そこに芋を入れて木蓋《きぶた》をのせれば、まんべんなく火が通ると聞きました。かすてらの窯にも似ております」

いったん喜助は言葉を切った。平十郎は「ふむ」と頷《うなず》いた。

「なるほど。川越の名物は焼き芋。わしのところへ来たことと関わりがありそうだ。して？」

「はい。焼き芋の窯をぱんにも使えるかと思うのですが、やってみないとわかりません。夏になれば暇にもなりましょうから、竈を借りてぱん作りを試してみようと思います。まあ、それまでに生地のほうもできていれば、ですが」

「それが問題よなあ」と、平十郎も苦笑いを浮かべる。

「うまくいけば御の字。幸い、その竈は浅草の今戸の職人が作れるということでしたので、近場です。ただ、やはり餅は餅屋。焼き芋といえば川越ですので、なにか焼く工夫があれば学びたいと思い、まいりました」

深く頭を下げると、平十郎はしばらく答えずにいた。おずおずと喜助が顔を上げるとともに、「そうですか……」と深く息を吐きながら呟《つぶや》いた。

どうしたのだろう、口調が変わっている。見れば、平十郎もどこか背筋を伸ばし、居ずまいを正したようでもある。

「いや、じつは焼き窯についてはわしも気になっておったのですよ。だが、焼き芋とは恐れ入った。これほど身近にありながら、さっぱり気がつかなんだ。まずは生地をできあがらせてからでしょうが、いよいよ勝負のときが近づいてきたと思いますよ」

「はあ、あの」

「喜助さんは息子と歳が近いもので、ついつい気安く接しておったが、これからは商いの話に——それもいささか銭の絡む話になりますから、このように話させてもらいますよ」

喜助がその言葉を呑《の》み込むのも待たず、平十郎はこう言った。

「して、何両要りようですかな？」

「えっ……」

平十郎は柔和な笑みを浮かべているが、同じように柔らかな声の調子とともに、どこか剣呑《けんのん》さをもって喜助に迫ってくるようだった。

「竈を造作するからには、見世を構えるのは必定でありましょう。そうすると、失礼だがいまの屋台ではとても金子を賄えません。まさか、かようなことも考えておらなかったわけではありますまい」

それはそのとおりだ。浅草のどこかの見世で、竈を三つ四つ置いてぱんを焼きたいと、漠とだが考えている。

「さすれば、必ずや借財することになります。だが、伝手《つて》もない商人が町方で借るとなれば、年利は低くても一割八分といったところでしょうか。なかには一年で利息が元金を上回るという暴利もございます。だから、信のおける知人から借りられるのならばそれが一番ましだ」

「確かに……そうかもしれません」

喜助はどこかあいまいに返事をした。そうしながらふと、平十郎は怒っているのではないかと思い至った。

喜助は借財の相談をしに来たが、切り出しかねてのらりくらりと竈の話をしている、と思われたのではないかと。用件は早く言えと苛立《いらだ》っているのかもしれない。

平十郎のつかみがたい微笑みが、樺屋の番頭のものと重なった。

「いえ、どこかから金子を融通してもらわなければ、とは考えておりました。しかし、秩父屋さんからはすでに十両、無利息で借りております。しかも開店から十年という長い期間で。いくらなんでも、これ以上縋《すが》りつくつもりはございません」

ならばどうする、と言われるだろうと思った。あてはないのだ。高い利息を払いたくなければ、せめて平十郎の親しい商い仲間から借りるしかない。確かにそれも頼まなければばと思っていたのだが、この流れでは切り出しかねた。

「いや、わしから借りなさい」

平十郎の語調がまた乱れた。思わず喜助がきょとんと見返すと、彼はハッとしたように口もとに手を当て、苦笑いした。

「こうならぬように丁寧に話そうと思ったのだが。金を借りることを強いるとは、それはそれで盗人のようなものだ。申し訳ない」

「い、いえ……」

「わしもね、長崎から帰ってずっと考えておったのですよ。喜助さんの商いにきちんと乗ったほうがよいのではないかとね」

平十郎は残った茶をすすりながら言った。

「勝手ながら、江戸の町方でぱん屋を出すのに要る金子も勘定してみたのですよ。まあざっと十両ですかな。すでに十両貸しているが、ぱんという珍奇でうまい食べ物が繁盛すれば、すぐに回収できると踏みました」

だが、と平十郎は続ける。

「わしも色々と考えるにつけ、ぱんという不思議な食べ物に抗しがたい力を感じるようになりました。おはぎのように餡《あん》やきな粉をつけてみたらうまそうだ、とか、砂糖漬けの杏子《あんず》なんかを混ぜて焼いてみてはどうか、とね。そうすると、喜助さんに託すよりも自分の力で作ったほうが早いということになりましょう」

喜助は、思いきり頭を殴られたような気がした。

そうだ。自分は夏、長崎でこの大商人にぱんの案を話した。平十郎にその気さえあれば、財力にものを言わせてあっという間にぱん屋を日本橋にでも構えることができたのではないか？

「でもね、言ったでしょう。わしは喜助さんのように、真面目にこつこつ取り組む人が好きなのだと。あなたを雇ってぱんを作らせることもできたが、それではあなたが叶《かな》えたことになるかどうか。だからせめて、きちんと応援したいと思うのですよ」

「す、すみません。わたしは……」

うろたえてしまい、言葉が出てこない。平十郎がぱんを喜助から奪わなかったのは、優しさだったのだ。だが、それはまるで大人が幼子に向けて、「頑張っておるな。偉いぞ」と言う慈愛に似たものでしかない。喜助はそんなことも考えず、ぱんを作るための銭を貯めることにばかり一生懸命になり、どうなつを揚げていた。

「いえ、最初から当てもなく大金を貸してくれと頼むより、きちんと自分の力で商いの勘を養うほうが、はるかによいでしょう。あなたは決して回り道などしておらぬ」

喜助がなにか言うよりも先に、平十郎は考えを言い当てた。

「だが、わしも早くぱんが食べたい。だからこうしようかと思うのですよ。あなたが早いうちにぱんを作る目処《めど》をつけたら、出店に向けて十両融通しよう、と」

それは喜助にとって願ってもないことだった。喜助は思わず前のめりになり、

「早いうち、とは」と訊《き》いていた。

平十郎は即座にこう言った。

「三月《みつき》ではどうです」

いまは一月終わり。今年は来月に閏《うるう》一月が入るので、三月後といえば弥生《やよい》三月か。

「三月の末までとしましょうか。それまでに喜助さんが生地と焼き方を完成させておれば、出店のための十両を出しましょう」

「もし、できなければ」

おずおずという喜助の問いに、平十郎は少しばつが悪そうな笑顔で、「秩父屋も

動き出しましょう」と言う。

「そのときには、喜助さんを江戸店《だな》の番頭として迎える用意があります。先に貸した十両は、給金から少しずつ天引きすることに。あなたにとって損はありませんよ」

こういうとき、はたして怒ってみせればいいのか、それとも阿附《あふ》迎合して頭を下げるのがいいのか、喜助にはわからない。

ただ、足元から水が上がってくるような、じんわりとしたみじめさと口惜しさをおぼえていた。

自分が食べたいという理由で、ぱん開発に意欲を示す平十郎にではない。それを口実に、商いに欲を出しているとしても、ぱんはもともと南蛮や出島のもの。いかに喜助が先に思いついたからといって、ほかの者が作ってはならぬ道理などないのだ。どうなつの案を、おりんが喜助に譲ってくれたように。

ただ、ぱんがいかにも自分だけのもののように感じ、安穏としてきた己がみっともなく腹立たしいのだ。どうなつ作りに勤しんだことは無駄ではないと言われたものの、樹液を出すために一日汗と木屑《きくず》まみれになったことや、おりんとのことに舞い上がって調子のいい約束まで交わしてしまったことすべてが、浅はかだった気がして恥ずかしい。

「わかりました」

喜助は顔を上げ、平十郎に相対した。

「三月の末までに、きっとぱんを作りましょう。しかし、もしできなくてもわたしは秩父屋さんには入りません。秩父屋さんは秩父屋さんで、わたしはわたしで、それぞれやっていけばよいことです。いえ、むしろぱんに携わる見世が多いほど、人々の暮らしも豊かになるやもしれません」

最後の言葉は、せめてもの背伸びだった。大店にいたほうが、手数《てかず》なくものごとを進められるに決まっている。見世の看板から外れた奉公人がいかに無力か、喜助は身をもって知っているし、寄る辺ない身は時として激しい風に晒《さら》される。だが、ほんのささやかな意地が、おりんや清吉の声が、喜助を踏みとどまらせている。それが当たっているのか、いまはまだわからないが。

それが暗中模索に灯《とも》るひとすじの光明のように、喜助をどうにか歩ませていた。

「構いませんよ。奉公の話はいったん棚上げにして、三月末にまた話し合うこととしましょうか」

平十郎は鷹揚《おうよう》にそう答え、その後はもとの口調に戻り、今後の話となった。

三月で手を結ぶか、それとも敵として分かれるか決まるとはいえ、いまのところは手を結ぶことを目指している。平十郎は、夏に長崎で新たに見つけた商い相手へ頼み、西国を中心に春小麦の買い付けの準備を進めていると教えてくれた。

喜助の生国では考えられぬことだが、あたたかい国では小麦が年に二度穫《と》れるのだという。それを集めておけば、早ければ三月からまとまった量のぱんを作れる。このあたりでも多くの農家が野菜の裏作として小麦を作り、家で食べているらしいから、それを少しずつ売ってもらうだけでもけっこうな量になる。

「まあ、かような都合で三月末までにと申したわけだ。集めた小麦はすぐに腐るわけではないが、夏の天気によっては質が悪くなってしまうし、蔵を占めればそのぶんだけ金もかかるのでな」

辞そうとする喜助を無理に引き留め、次なる菓子を供しながら平十郎が豪快に笑った。

その菓子は少し変わっていた。平たく円形に伸ばした求肥《ぎゅうひ》に、紅色に染めた一回り小さな求肥と白みそ餡、そして細長く切ったにんじんの甘煮をのせ、二つに折ったものという。宮中で「花びら餅《もち》」と呼ばれる、新年を寿《ことほ》ぐときに作られる菓子にあやかったのだが、本来は牛蒡《ごぼう》を使うところ、憚《はばか》って京にんじんに変えたらしい。

「馴染《なじ》みの見世にこっそり作らせたもので、大事な客にしか出さぬのだよ」と平十郎が耳うちするだけのことはある。京にんじんの鮮やかな紅と、雪のような白に透けた薄紅の求肥とがあいまって、襲《かさね》の色目のようにきれいだ。甘さと塩気の中にほろりと根菜の香りが混じり、郷里の雪解けの田畑が思い出された。喜助は感嘆するとともに、これほどの甘味への執着とこだわり、そして財を持った平十郎を敵に回したらどうなることかと、怖いような気分になった。

先ほどは奉公人にならないと意地を張ってしまったものの、喜助は平十郎の小麦集めの手腕にも舌を巻いていた。春に穫れる量ばかりでは心もとないので、新たな小麦畑の確保と脱穀用の水車の普請にも手を回しはじめているともいう。これでは、いざとなれば勝てる気がしないではないか。

今晩は客間に泊まっていけと引き留められたのを断って、喜助はよその舟宿へ行くことにした。平十郎をどこまで信じたらよいか、にわかにわからなくなってしまったからだ。

自分と同じ年ごろの息子がいるという彼を、喜助もまたどこかで父に似た存在と思っていたのかもしれなかった。奥州にいるまことの父とは似ても似つかぬ性分ではあるが、喜助に向けられるまなざしはどこか通ずるものがあった。だが、それも己が至らぬがゆえの気遣いだったのかもしれぬと、時が経つにつれ恥ずかしさが増していくようだ。

「わしは明日甲州《こうしゅう》へ出かけてしまうが、近くの焼き芋屋を見ておくといい。わしの引き合わせと言えば早いだろう」

別れ際、平十郎はそう告げるといくつかの見世の名を挙げ、小さな書き付けを手渡した。

「ありがとうございます。甲州へは、お勤めで？」

この季節だし、まさか物見遊山でもないだろう。わかりきったことを喜助が訊くと、平十郎はどこか生き生きとした瞳《ひとみ》を細めた。

「あちらでは、栽培した葡萄《ぶどう》が名物なのは知っておろう？　長崎で食べた葡萄酒の寒天寄せをまた食べられぬかと、思案しておるところでな。無事にできあがったら喜助さんにも知らせよう」

なんと、自ら赴いて作り上げようとしているのか。喜助は気圧《けお》されるように頷《うなず》いた。

「わかりました。ぱんとどちらが早いか、競い合いですね」

なんでもないようなふりをして平十郎に向けた笑みは、どこかぎこちなく青ざめていた。

次の朝、喜助は近場の焼き芋屋を見て回った。一見、どれも同じような竈《かまど》ではあるが、芋とともに石を入れてあたたかさを保つなど、工夫しているところもある。木蓋《きぶた》ではなく、鉄の蓋を用いている見世も見つけた。そうすれば熱がまんべんなく回り、芋がふっくらと焼けるらしい。これは真似してみてもいいなと喜助は思ったが、あまり水気が回りすぎても、まんじゅうのようにしっとりしてしまう。

帰りには、江戸行きの舟を手配すると平十郎に言われていたが、長崎ほどの距離があるわけでもないからと、喜助は断った。これからのぱん作りのためには一刻たりとも無駄にできないため、時の浪費と平十郎は鼻白んだかもしれない。だが、いくら見世の用意を立て替えてくれるかもしれぬとはいえ——いや、だからこそ、むやみに頭を下げてへりくだるのも息苦しく、虚《むな》しかった。平十郎とは、もう少し利害がなく気安い間柄だと思っていたのだ。

断ったら断ったで、結局は言いようのない虚しさが募った。路傍で砂をかぶる名残の雪のように、ぐずぐずと喜助の中にそれは居座る。

翌日の昼すぎ、寿徳院に着くと、初詣《はつもうで》でもないのにずいぶんと境内に人が多い。

若い娘ばかりだから、どこか近くの寺で人気役者の芝居でも打たれているのだろう。そこから流れてきたのだ。

人をすり抜けて長屋に入るなり、喜助はたっぷりの小麦粉を捏《こ》ねはじめた。ほとんどは、明日から再開させる屋台に出すどうなつのためだが、ぱんの試し作り用にも多めに取っておく。

前々から、こうやってどうなつ作りの傍ら、ぱんの生地をああでもないこうでもないと捏ね回していた。もしかすると生地にはほんの少しの甘みを入れるのが肝なのではと思い、砂糖のほかにも餡《あん》、潰《つぶ》した飯、芋、餅などを混ぜてみたこともある。清吉に頼んで薬用の高価な蜂蜜《はちみつ》も入れてみた。そこから始まって、目玉が飛び出るほど高価《たか》い高麗人参《こうらいにんじん》、麻黄《まおう》や葛根《かっこん》などの生薬、冥丹先生おすすめのざりがにの腑《ふ》の石とやらにも手を出した。

すべて、失敗した。

生地は膨らむどころか、たいてい怪しい色と匂いでとてもうまそうには見えない。残暑で甘酒入りの生地を腐らせたから、寒いほうがよいのではと思ったものだが、関わりはないのかもしれない。正月の朝、白い息を吐きながら捏ねた甘酒入りの生地は、今度はうんともすんとも言わなかった。

どうなつを弾《はじ》けさせたときと同じだ。なにかを根元から違《たが》えているのだ。それはわかっているのだが、出口が見えない。さらに、平十郎との心のすれ違いも、身にしみてこたえた。もやもやを振り払うためにも、早くできあがらせるしかない。だが、どうすればよい？

狭い長屋で一心不乱に生地を捏ね、喜助は道中で買い求めたものを取りだした。薄紙に包んだ山椒《さんしょう》の実の粉だ。もう一つの川越名物、鰻《うなぎ》の蒲焼《かばや》き屋から分けてもらった。さすがにこれほど匂いの強いものが入るはずはないと半信半疑だが、なんでも試してみないことには気が済まない。

「……まさか、食べ物でないものが入るのではなかろうな？」

緑の粉が練り込まれた拳《こぶし》大の生地を眺めながら、ふとそら恐ろしくなった。だが、それはいったいなんなのか。紙や草、石の粉なんかだとすればお手上げだ。

「これはどうだ」

とっさに思いついたことがあり、竈に屈《かが》んで灰をひとつかみ、椀《わん》に入れてみた。灰はなんにでも使われると聞いた。食材のあく抜きのほか、染め物や焼き物、肥料にも。薬にもなり、ちょっと切ったくらいならば、灰をなすりつけておけば傷口が膿《う》まずに済むともいう。食べられぬこともないだろうから、これを混ぜた生地も作ってみよう。

そのとき、一枚の折りたたんだ紙が土間へ落ちていることに気がついた。留守のあいだに、誰かが戸口から差し入れでもしたものかもしれない。別当からの知らせかなと思い、なんの気なしに片手でそれを開いてみた喜助は、驚きのあまり椀を取り落とした。

「な、なんだ、これは……」

それは読売のようだった。でかでかと書かれている記事には、「千客万来　珍敷《めずらしき》哉《かな》　浅草胴納通菓子見世」。どうなつの珍しき屋台が大賑《おおにぎ》わいというものだった。

そして、そこには喜助に似ても似つかぬきりりとした顔つきの若者が、歌舞伎で見栄を切るような恰好《かっこう》で菜箸《さいばし》を持ち、どうなつを揚げている絵が。

「どうなっているのだ」

ふと、喜助は外の賑《にぎ》わいを思い出して青ざめる。もしや、あの人たちはみな、評判のどうなつと挿絵の美丈夫を見にうろついているのではなかろうな。

「喜助さん！　読売見た？」

推《お》し測っていると、戸が開いておりんが駆け込んできた。喜助は手と着物を灰まみれにし、気を失いそうになりながら、いっかな膨らまない生地とおりんとを交互に見ていた。

五

そしてまた、目の回るような忙しさが始まった。

「みんなが待っているから」と、小料理屋を閉めてきたおりんに引っ張り出され、日暮れ前のひとときだけ屋台を開いた。どうなつは揚げるはしから売れていき、おりんがせっせとうどんを茹《ゆ》でてくれなかったら、もたついてしかたがなかったことだろう。

ただ、連れ立った若い町娘たちは、屋台に現れた喜助を見てあからさまにがっかりしたようだ。さすがに口に出す者こそいないが、境内には、話の接《つ》ぎ穂《ほ》を失ったような気まずい間がいくらか漂い、いたたまれなかった。

「どういうつもりなのだ、あんな美丈夫の絵を描いた不届き者は」

次々とどうなつを揚げながら、喜助はついつい毒づいてしまった。おりんはうどんに打ち粉をつけながら、「いらっしゃーい、読売に載ったうまいどうなつはここだよお」と声を張り上げている。「美丈夫の」ではなく「うまい」を強めてくれるのは本音か、憐《あわ》れみか。

気の利いたことに、おりんは花札に筆で数を大書きしたものを持ってきていた。

「はい、来た人はここから札を取ってくださいな！　銭を払うとき一緒に返して」

「次は、ええと、十二番のおかた！　おいくつ入用ですか？」

揚げている合間に品物と銭をやり取りするのは喜助の役目だ。これくらいなら算《そろ》盤《ばん》を使うまでもない。銭とともに受け取った札は、客からよく見えるところに重ねてある束の一番下にもぐらせておく。こうすれば、誰が先だの後だのと揉《も》めることはない。

そんなところ、にわかに境内がざわついた気がした。ふと顔を上げると、「よお、繁盛しているな」と知った声がすぐそばから聞こえる。編み笠《がさ》をかぶった清吉が、冥丹先生とともに来ていた。どういうわけか、二人とも揃って頬に搔《か》き傷を作っている。

「今日も生地に混ぜる生薬を持ってきてやったぞ。冥丹先生とともに追いかけてようやく捕った上物だ。長屋に置いておくから」

「待て。追いかけたとはどういうことだ？　まさか生き物ではないだろうな」

「ちゃんと干して粉にしたから大丈夫だ」

なにが大丈夫だ、と言おうとしたが、客の手前憚《はばか》られた。ぐっと言葉を呑《の》み込んだ喜助は、客らの目が清吉に集まっていることに気がついた。

「あっ!」

ここでようやく、鈍い喜助にも合点がいった。読売の美丈夫は、清吉のことではないか。評判の屋台に来た絵師が、しばしばこうやって冷やかしにくるこの男を見かけたのだろう。どう見てもここの者ではないとわかったはずだが、やられた。

「どうかしたか?」

それを知ってか知らずか、清吉は涼しい顔をしている。そもそも、この男は年上の女にしか気が向かないので客のほとんどが眼《まなこ》の外だろう。三味線の師匠はどこぞのお武家の後妻に入ったということだが、まだ未練がましく思いを募らせている。

喜助は皮肉半分、気遣い半分、「ここへはもう来ないほうがいいぞ」と言いかけたが、それもぐっと呑み込んだ。いまそんなことを言い放てば、ほうぼうから石をぶつけられかねない。

「またな」と言い残し、騒ぎの種はさっさと行ってしまった。

千客万来はありがたいとはいえ、身は一つ。おりんにも頼ってばかりではいられない。ぱんの生地を完成させるという急ぎの用事もあることだし、なにより身がもたないので、喜助はどうなつ屋台の商いを、昼すぎの未《ひつじ》の刻のみと定めることにした。ちょうどおやつどきにあたるし、夕暮れにはまだ間があり、寺子屋から帰った子供たちも外に出ているころあいだ。昼になるまではぱん生地のほうに努め、中食後からどうなつを作ればちょうどいい。

最初の熱に浮かされたような騒ぎは少しずつおさまっていき、十日もすればもとのとおり老若男女等しい客の数に戻った。清吉を見世先に立たせておけばもっと売り上げが伸びたかもしれないが、そうして売れたものを二人とも喜べるだろうか、とも思う。喜助の商い、そして清吉の中身を見てもらっているわけではないのだ。面白さが先に立っただけで、結局はいずれ飽きられて客は引き、騒ぎにうんざりしたもとの客まで失っていたかもしれない。

それに、刻限を定め、札を取ってもらうやりかたはうまくいった。客のほうも、決まった時にやっていることがわかれば十分らしいし、「いつでも購《あがな》えるよりもかえってありがたさが増した」とも言われた。当然、朝からやるよりも稼ぎは少ないが、以前のようにきりきり舞いになって調子を崩すこともなくなった。閏《うるう》一月の末、喜助は稼いだ金子のほとんどを使い、屋台の払いを前倒しした。

問題は、ぱん生地のほうだ。甘いものを混ぜることに諦《あきら》めをおぼえた喜助は、とにかく手当たり次第に毎日いろいろなものを試していた。昆布、豆、魚や貝の干物、米のとぎ汁に墨汁まで。ときおり清吉がくれる、よくわからない生薬もやってみたが、いずれもうまくいったためしはない。もう永遠《とこしえ》に叶《かな》うことはないのではないかと、泣きたい気持ちになってきていた。

そんなときだった。思いもかけない客が屋台を訪れたのは。

商いの刻限を過ぎ、だいぶ春めいてきた乾いた風を感じながら、喜助が冷めた油の鍋を長屋へ持ち帰ろうと身を屈《かが》めたときだ。

「ずいぶん評判のようだね」

通りのよい男の声に、喜助は顔を上げた。黄色みがかった日射《ひざ》しを浴びながら、恬淡《てんたん》とした懐手で立っていたのは、あろうことか樺屋の店主、幸右衛門ではないか。相も変わらず役者のような涼しげな顔には、苦笑とも微笑ともつかぬあいまいな表情が浮かんでいる。

その隣にいるのが、忘れもしない番頭の六兵衛だ。鯰《なまず》顔の上にのった髷《まげ》には、心なし白いものが増えたか。商人らしい、如才ない目の光をたたえ、お愛想で口元だけゆるめて黙ってる。

「読売にも取り上げられていたじゃないか。似顔絵がずいぶんと違うので、最初はおまえとわからなかった」

「……お久しぶりです」

肚《はら》に煮え切らないものを抱えて辞したとはいえ、啖呵《たんか》を切ったわけでも、喧嘩《けんか》別れをしたわけでもない。喜助はできる限り慎重に挨拶《あいさつ》をした。奉公人のころの癖で、ついついその場しのぎの苦笑めいたものを浮かべそうになるが、さすがにそこまでする義理はないと思い直し、唇を引き結んだ。

「『胴納通』とは面白い。よく考えたものだね。先日人に頼んで買ってきてもらったが、なかなかうまい。ちと硬いのが難儀だが」

「はあ」

すみません、と言う義理もない。

「ご覧のとおり、今日はもう閉めました」とは言ってみたものの、どうやらこの二人、はなから買い物に来たわけではなさそうだ。

「どういったご用向きで？」

そう水を向けると、台詞《せりふ》の役割が決まってでもいたかのように、「油はどこから調達しておる?」と番頭が口を開いた。

「上等な油で、使い回しもしておらぬな。これは榫屋の一番菜種ではないか?」いちいち疑問というかたちを取ってはいるが、確信に近いものがあるのだろう。

商品名まで言ってよこした。

「はあ、そうかもしれませんが……。知己の見世から分けてもらっておるものでございます」

「ゐの屋だろう?」

そこに店主が口を挟んできた。これを言いたくてずっとむずむずしていたのかもしれない。喜助の言葉尻《ことばじり》にかぶさるほどの素早さだ。

「最近、ゐの屋から一番菜種の注文がやけに増えた。さらに株仲間や仲買でも、どうなつ屋台という世にも珍しき見世に卸している者は見当たらぬのだ」

したり顔で言われても、べつに悪さをしているわけでもない。

「どこでもよろしいではありませんか」

ゐの屋の名が出て、喜助は思わず強くそう言った。

誰かに反駁《はんばく》しようと思ったのは、もしかして生まれて初めてのことかもしれない。

「相手先にはきちんとお代を払っておりますし、それも榫屋さんからの買い値そのまままで、利が出ているわけでもございません。それがどうしたのでございましょうか」

「おい、主《あるじ》に向かってなんという口の利き方だ」

もう主でもなんでもありません、と喜助が言い返す前に、「よい」と幸右衛門が六兵衛を制した。

「いくらうちの油を勝手に使っておるからといって、おまえを責めにきたわけではない」

「か、勝手とは、どういう意味で――」

「いいから、よくお聞き。おまえが樺屋への忠義と恩を忘れず、こうして油を使い続けてくれていると知り、わしは喜んだのだ」

お武家でもあるまいし、なにが忠義と恩だ。

「だから、おまえの志に報い、油を樺屋から出してやろうと思うのだ」

「……はあ……」

その心を測りかね、つい間抜けな声を上げてしまう。

「では、じかに樺屋さんへお代を払えというわけですね」

「いやいや、それも要らぬ。おまえは手代に戻り、この屋台は樺屋の浅草店《だな》になる、ということだ」

意想外のことに、喜助はとっさになにも言えず口を開けていた。

「……ど、どういうことです？」

「うどんの用意にも骨が折れよう。小僧を何人かつけ、茹《ゆ》でたうどんを毎朝ここに届けるのだ。そして別の手代にでも揚げさせ、朝から夕刻まで売ればよい。おまえはお目付け役だ。ここのほかに、日本橋、新橋、両国、品川あたりにでも屋台を増やそう。油を扱うから屋台でなければ商えぬしね。売り上げが立ってくれれば番頭にしてやってもよい」

「お、お待ちください」

喜助は耳をふさいで逃げだしたくなる心地を必死で抑えながら言った。

「なにか思い違いされてはおりませんか？　わたしはもう椛屋とは縁がない者なのです。戻るとか、屋台を増やすとか、なにを言っておられるのですか？」

「もとの奉公先に戻ってはならぬという法はない。おまえこそ思い違いをしておる。それが解けたのならいつでも戻ってきてよいのだ。そして、ともに商いをしようではないか」

「わ、わたしがいったいなにを思い違いしているとおっしゃるのです」

あまりのことに、喜助は手足を震わせ、大汗をかいている。はじめはただ戸惑っていた心が、少しずつかたちを取っていくのがわかった。これは憤りだ。さんざん虚仮《こけ》にされて辞めさせられたあげく、また同じことを繰り返して喜助を掻《か》き回す。

「樺屋を辞すると言い出したのはおぬしであろう。己がおるとみなに迷惑がかかるとかなんとか申して。われわれは一言も辞めろなどとは告げておらぬぞ。そろそろ頭も冷えたころと思い、呼びに来ただけのこと」

やめてくれ。喜助は心中で叫んだ。店主がまだなにか御託を並べているが、ようは喜助の成功を我がものとして取り込みたいだけなのだ。どうなつを商ううえでの懸念は、輪を作るための多少の技が要ることと、材料の掛かりくらいなものだ。樺屋なら、そのための人手と油はいくらでも割けるだろう。そこに目をつけられたのに違いない。どうせやるなら、同じような屋台を出して競《せ》るよりも、もともと奉公していた喜助を取り込み、本家本元の看板を奪ったほうが面目も立つと考えてのことだろう。

実際に、市中ではすでに似たようなどうなつ屋台が現れはじめている。名は「揚げ輪」であったり「ひねり砂糖」であったりと変えてきているようだが、「どうなつ」が喜助のものという証文がどこかにあるわけでもなし、そのうち同じものも現れるだろうと清吉と話したばかりだった。清吉は、このごろ流行《はや》っているものとして、どうなつをかじる粋な花魁《おいらん》の錦絵《にしきえ》を贈ってくれた。

「それほど……内証が苦しいのですか」

ぽつりと呟《つぶや》いた喜助の声に、幸右衛門の説法がぴたりと止んだ。

「大店《おおだな》の矜持《きょうじ》はどこへ行ったのですか。人の褌《ふんどし》で相撲を取ろうなど……江戸っ子から笑われて終わりでございますよ。わたしが、どういう思いでこれを売りはじめたか、考えたことがおありですか？」

「おまえこそ考えたか」

甲高い声で幸右衛門が言い返した。傾く日に照らされ、全身が赤く塗り重ねられている。それとも怒りで紅潮しているのか、喜助には見分けがつかなかった。

「見世の身代だけではない。百人からの奉公人を食わせていかねばならぬことに、矜持など役に立つか？　商いのいろはもろくに知らぬくせに、少し売れたからといって天狗《てんぐ》になっておるようだな。天罰が下るぞ」

「天が罰するなら、すればいい」

喜助の声は反対に、重く低くなっていく。怒りで震える己の声を聞いたのは、喜助自身も初めてだった。

「それでもわたしは作ります」

ぱんを、とは言わなかった。よけいなことを聞かれて、先に始められでもしたら目も当てられない。

二度驚かせてやるのだ。この人たちを。

暗い憎しみの虜《とりこ》になりながら、喜助はじっと店主と番頭を見つめた。

「ゐの屋の娘はおりんとかいったな」

幸右衛門の不気味な一言を残し、夕闇に溶けるように二人は消えていく。黄泉《よみ》への道をたどる亡者のようだ、と喜助は荒くなりそうな息を必死で抑えながら思った。そして、そう思う己もまた亡者かもしれないと、頭を掻きむしってうずくまった。


それから、喜助は屋台を放ってゐの屋まで走った。おりんの身になにかあっては、悔やんでも悔やみきれない。大切な人がありながら、喧嘩《けんか》を買ってしまったのは不覚だったかもしれない。日が暮れて、ゐの屋に変わらず灯《とも》る提灯《ちょうちん》と、見世じまいの片づけをしていた親子の姿を見て、ようやく安堵《あんど》することができた。

「それくらい言ってやって当然でしょ。いえ、殴ってもいいくらいよ」

話を聞いたおりんはそう息まいたが、喜助はその言葉におののき、「やめておくれよ」と半泣きになった。

「とにかく、しばらくはどうなつ屋台に来てはいけないからね。様子なんて見なくていい。一人歩きもなるべくしないように」

「でも、買い出しや湯屋にも行かないと」

「では……明るいうちに頼んだよ」

どうにか言い含め、気が気でないまま家路に着いた。

だが、本当に困ったのはその二日後だった。

「油が入らない、とはどういうことだい？」

来るなと言ったのに、おりんはもう約束を破って喜助の長屋まで駆けてきた。そして急を告げたのだった。

「あのね、昨日は朝一番で樺屋の人が油を届けに来るはずだったのに、さっぱり来ないの。そのくせ近在の料理屋には来ているものだから、おとっつあんがどういうことかと尋ねたのよ。そうしたら、『ゐの屋さんとの取引は終《しま》いになったと聞いております』、なんて言うじゃないの。そりゃあ、喜助さんの話を聞いていたから、樺屋が来たら油屋を替えると断りを入れるつもりだったけれどね。だけど、手代さ挨《あい》んが悪いわけでもなし、べつに文句を言うつもりもなかったわよ。それなのに、挨拶《さつ》もなしに知らんぷりされたものだから、こっちも弱っちゃって」

弱ったと言いながらも、おりんは頭から湯気でも出しそうな勢いだ。

「樺屋の主は、うちから喜助さんに油が流れていることが気に食わないんでしょ。べつにちょろまかしたり、値を上げて売っているわけでもあるまいし。それで、こっちも頭にきて、さっさとよその油屋から買うまでと思ったの」

「ああ、そのとおりだね」

「でもね、ご府内の油屋になにか報《しら》せでもいっているらしく、どこも理由をつけて売ってくれなかったの！」

あまりのことに、喜助もぽかんと口を開けるしかなかった。

「たぶん油屋だけでなく、油問屋の株仲間も一緒になって示し合わせていると思うのよ。まさか、『あいつらが気に食わないから油を売らないでくれ』と言うはずもないから、喜助さんが陥れられたという盗みの件でも持ち出したのかもしれない。ゐの屋は、出入り差し止めになった盗人に油を横流ししているとかなんとか言って」

「そ、そんな……」

小麦粉を捏《こ》ねているところだった喜助は、粉まみれの手のまま悄然《しょうぜん》と座り込んだ。おりんが慌てて駆け寄ってくる。

「喜助さんのせいではないの！　正しく生きているのだから決して謝ったりしないでよ。むしろ謝るのは私のほう。喜助さんが樺屋を追われたときに取引をやめていればよかったのよ」

「そ、そんなわけにもいかなかっただろう。油屋にも縄張りがあるから、そうそうよその見世が引き受けてくれたとは思えない。わたしが言うのもなんだが、樺屋の油は質がよいし、回収だってしてくれる」

言いながら、おりんを庇《かば》っているのか、それとも樺屋を庇っているのかわからなくなってきた。おりんは気が抜けたようにふっと微笑み、喜助には思いも及ばなかったことを言う。

「とにかく、私はこの件を奉行所に訴え出ようと思う。あんまりだもの」

確かに、こうなってしまえばもうそれしか道はないように思えた。だが、奉行所に持ち込まれる沙汰《さた》はあまりにも多く、裁定には幾月も――へたをすれば幾年もかかると聞く。それに、大元の菓子盗み食いの疑いにまで話が及べば、喜助には手立てがなくなる。していないことをどうやって明らかにすればよいのだ？

樺屋や株仲間という百戦錬磨の大船を相手に、一艘《そう》の小舟がどこまで戦えるか。

だが、やるしかないだろう。

「わかった……。わたしもともに動こう」

蒼白《そうはく》な顔で喜助がそう言うと、おりんは苦笑いして首を横に振った。

「そんなつもりじゃないのよ。油の仕入れを断たれたのはあくまでもゐの屋なんだから、世間はうちと樺屋の争いとしか見てくれない。いまはね」

「いまは？」

「そう。私たちだってやられっぱなしなわけじゃない。まわりの見世が気の毒がって、少しずつ油を譲ってくれるそうだし、しばらくはやっていけるはず。それから、どうなつ屋のことを書いた読売の版元も探してみようと思っているの。このことをありのままに書いてもらえれば、世間はきっと味方になってくれる」

それを強く信じているような口調が、喜助には心強いいっぽうで、どこか不安にもなった。

「それほどうまくいくものかな……」

「いいから、喜助さんはこれまでどおりにやっていてちょうだい。もちろん奉行所に呼ばれたら一緒に行ってもらうけれど。ここで休んでしまったら相手の思うつぼじゃない。その手には乗らないって表しましょうよ」

「ありがとう。だけど、まわりの見世から集まった油は、天ぷらに使っておくれ。みんなもそのつもりで譲ってくれるんだから」

喜助の言葉に、おりんは戸惑っているようでもあった。

「喜助さんはどうするの？」

「ああ。せっかくだから――と言うのは妙だけど、これを機にわたしはぱんに専念しようかと思う。ぱんさえできれば油はいらないし、あまり時も残されてはいないから」

そこで、喜助は川越での一件をおりんに話すことにした。これまで大騒ぎが続き、ゆっくり向き合えなかったのだ。

「そういうわけで、わたしは三月の末までにぱんを作り上げなければならないんだ。しかし、どうにもやりかたが悪いらしく、うまくいかないのは承知のとおりだ」

茶を飲み、ぱん生地のできそこないをふかしたもの――中には茶葉が練り込まれている――を食べながら、おりんと向かい合って話した。てっきり、無茶な要求の連続だとおりんは怒り出すかと覚悟していたが、案外さっぱりとしている。

「どこも食えない狸ばかりね。まあ当然か。それならやっぱりやるしかないわよ」

にっこり笑い、喜助を励ます。

「焼き芋屋の竈《かまど》というのも面白いじゃない。上からも熱を加えられたらよさそうね。鉄蓋《てつぶた》の上でも炭を燃やせるようにすれば近くなるかもしれない」

「そうだね。炭代がよけいにかかるのが気になるけれど……」

「清吉さんのところの薬棚みたいに、細かい抽斗《ひきだし》がたくさんついた鉄の竈、なんて面白そうじゃない？　部屋を炭とぱん、互い違いにして、炭の部屋には空気穴を開けておくのよ。そうすればまんべんなく火が入って焼けるし、熱も無駄にならない」

「ずいぶん大掛かりだ。でも、叶《かな》うのならそれが一番よさそうだね」

格別にあつらえることになるその竈がいかほどになるのか、喜助には見当もつかなかった。いつかの望みとしてとっておくしかなさそうだが、おりんの笑顔につられて微笑んだ。

でも、と喜助は心配を口に出す。

「間の悪いことに、屋台の払いを済ませてしまったばかりで、蓄えが心もとないんだ。油が断たれたままでぱんができなければ、四月から別な商いをするしかないと思っている」

「商いって……なにか、別な食べ物を作るとか？」

まあ、と喜助はあいまいに頷《うなず》いた。まだ考えは固まっていないし、おりんも深くは訊《き》いてこなかった。喜助も話す気はない。ぱんができないままなら縁談がどうなるのか、考えるのもつらかった。ただ、榛屋に戻るというのは論の外としても、秩父屋に奉公するのも喜助には考えられなかった。おりんにこのまま呆《あき》れられたとしても、いつでも会えるところにいたい。

そんなところへ、腰高障子が遠慮がちに叩《たた》かれた。

「あいすみません。こちらは喜助さんのお部屋でしょうか」

外から囁《ささや》きかけてくる声は、若い女のようでもある。喜助はまったく心当たりもなく、「はい……」と言いながらそろりと障子を開いた。

そこに立っていたのは、十三、四ばかりの小僧だ。

「し、新太ではないか！」

「ご無沙汰《ぶさた》しておりました」

榛屋の後輩は丁重に頭を下げた。少し低くなりはじめた声は、まるで大人の女のようだ。背もずいぶん伸び、もうじき喜助を追い越しそうだし、顔つきもずいぶんしっかりした。

「どうしておまえがこんなところに」

「読売を頼りに、寿徳院の境内を目指しまして、人に聞きましてございます」

喜助はあたりを見回し、ほかに誰もいないことを確かめると、新太を長屋に引き入れた。初めて会うおりんを紹介するのもそこそこに、用向きを質《ただ》す。

「まさか、おまえがわたしのところにお使いに出されるとは思えない。黙って抜けてきたのだろう?」

その問いに新太は頷くと、懐から一通の文を取りだした。

「昨日、樺屋に届いた喜助さん宛ての文でございます。飛脚から受け取ったのは手前ですが、番頭さんに渡したはずが、捨てられて屑籠《くずかご》にあったものを密《ひそ》かに持ってまいりました」

「なんと……」

新太はそこまで豪胆なことをする人間だったのかと、喜助は恐れ入った。こんなものを勝手に持ち出すことも、仕事を離れて他出することも、ばれたら大ごとになる。国元に返されるかもしれない。

「喜助さんが珍しき屋台で評判を取っていると、若い衆のあいだでは持ち切りでございます。上役たちは気に食わないようでしたが……まさか、最近樺屋とのあいだでなにかありましたか？」

「まあ、少しね」

残念ながら、詳しく話している時はなさそうだ。早く新太を日本橋まで帰さなくては。喜助が慌てて文を開くと、たどたどしい筆が目に飛び込んできた。

「おとっつあんが……危ない」

色を失った喜助の呟《つぶや》きに、おりんが短い悲鳴を上げた。

第五章　光　明

一

郷里へ向けて歩むにつれ、冬が一歩ずつ戻ってきているようだ。空気は凛《りん》と引き締まり、草の芽吹きも淡くなっていく。

そのかわり、一度春を迎えると弾《はじ》けるように咲き、芽吹くのが北国だった。喜助はまだ雪の残る山々を見上げながらも、短い季節を懸命に歌う鳥たちの声と、色とりどりの草花を瞼《まぶた》の裏に描く。桃源郷があるのなら、きっとあの場所、あの季節のことに相違ない。冬に深く降る雪すらも、そのための用意と思えば耐えられる。本当に気持ちのよいところなのだ。しばしば襲う冷夏さえなければ。

「もうすぐだ……」

江戸から十日あまり。歩き続ける体のどこか奥深くで、故郷の土の香《か》と潮騒を感じとっている。だが、喜助は十一年ぶりの帰郷の感慨も、桃源郷への思いも、晴れがましく抱くことはできないでいた。むしろ、この道を江戸までたどった昔日《せきじつ》の不安が、消えるばかりかさらに膨らんでしまったようだ。花咲く間際、二月初旬の薄雲に覆われた日射《ひざ》しはどこまでも正体がない。

盛岡の城下から海まで続く山並みに分け入り、気が遠くなるほど歩きに歩いた。ご領内一の難所と聞くが、幾重にも連なる山地を横切るため、喜助が知る中でも一番厳しい道だ。宿場と一里塚、道標だけを頼りに、山道を行く。歩きやすい低地に道を作ることもできただろうが、雨や雪のたびに道が埋まってしまうと困るのだろう。雪解けの沢を何度も渡り、あけびや山葡萄《やまぶどう》の蔓《つる》をよけ、山間に隠れ里のように営まれる田畑の脇を通る。

「中《も》す、旅のおかた。三雲村さ行ぐのすか」

ようやく足元の傾きがゆるくなってきたとき、喜助は牛を引いた同年輩の男に話しかけられた。両側をみっしりと木立に覆われた、街道からは外れた一本道なので、村に用がある者しか通らないのだ。

「ええ、そうです。三雲の棚畑《たなはた》、吉次《きちじ》の家の者です」

字《あざ》と屋号を告げると、相手はびっくりしたように立ち止まった。

「もしや、喜八《きはち》か？」

相手は喜助を在所のころの幼名で呼んだ。いまの名は十五の元服のときに樺屋の先代から与えられたものだ。見世を構えるとなればまた、喜左衛門《きざえもん》や喜兵衛《きへえ》などのそれらしい名に変えようと思っている。

「勘太郎《かんたろう》……か？」

喜助が目を丸くして幼馴染《おさななじ》みの名を呼ぶと、相手は破顔一笑した。

「んだよお！　まだ来ねえべか、来ねえべかと気ぃ揉《も》んでたんだぞ。おめえの父《と》っちゃもだ」

「ああ、おとっつあんは長らえてくれていたか……」

「早ぐ行ってやれじゃ。荷はおらがあとから届けっから」

勘太郎に急《せ》かされ、心細さに潰《つぶ》れそうなまま喜助は歩いた。

寡黙な父との思い出は、あまり多くない。そのぶん、交わした言葉、そのときの景色ひとつひとつが、静まった水面に映るがごとく、はっきりと刻まれている。

父はいつも落ち着いていている反面、少し憤っているようでもあって、近寄りがたかった。だが、仏頂面とも少し違う。眉間《みけん》に皺《しわ》を寄せ、なにかずっと考え込んでいるようでもある。それも、目の前の仕事とか飯のこととは違う、生きることや神仏にでも思いを巡らせているのではなかったか。そんな顔をしながら、父が池の魚や水鳥に米をまいてやるところも見かけた。どこか仙人じみた、不思議な人なのだ。

夏。海の果てから、駆けるようにやってくる低い雲と雨との塊が、崖《がけ》の上の集落ではよく見えた。幼い喜助が怯《おび》えるたび、父はぼそりと「魚と同じだ」と呟いた。

「季節によって海にいる魚は違う。あの雲も季節には入用なんだ」

正直に言って、喜助にはよくわからなかった。凶作と飢饉《ききん》を呼ぶ、忌むべき雲をそう呼ぶわけが。もしかしたら、どうしたって逃れられない事実をあいまいに濁すための、父や父祖なりの物語なのかもしれない。それでも父がそう言うのだからと、不思議と頷《うなず》ける自分がいた。あそこで一緒になっておろおろする大人などいない。そのはずだが、いまの喜助が父のようにふるまえるとは思えなかった。

山と浜ばかりのこの地で、人が住めそうな土地は崖の上しかない。喜助の生家がある棚畑には七戸が暮らし、それぞれ海から吹き寄せる風を防ぐための小さな林に囲まれている。そのため、家々の間隔は呆《あき》れるほど広い。江戸の長屋暮らしが夢ではないかと思えるほどだ。あいだには田畑と畔《あぜ》が横たわり、いまは耕されて土と肥やしの匂いが漂う。春を告げるその匂いに、喜助は唐突に故郷へ帰ってきたという気持ちを強くする。

喜助の生家も林に囲まれ、長屋暮らしでは考えられぬほどの恵みを得ている。木々から薪や多少の建材も得られるし、秋には栗やきのこが採れる。米や野菜を作り、父は海に出て魚を獲《と》る。

とはいえ、それと干し鮑《あわび》が買い上げられるぶんだけでは足りないので、冬のあいだに編んだ魚網やわらじを町に持っていく。年貢と船の冥加金《みょうがきん》を納め、家で飼う馬の飼葉やら、着物や油などを購《あがな》えばそれでしまいだ。

おりんの母が失った暮らしだ。そして、己も昔捨ててしまった暮らし。後悔まではしていないが、それでもいざ戻ってくると、膝《ひざ》が崩れそうなほどに懐かしく、恋しい。ずっとここで暮らしたら自分はどうなっていただろうかと、ぼんやり考える。

厩《うまや》と一体になった土間から囲炉裏のある居間に入り、さらに座敷を二つ越えた奥座敷に、父喜三郎《きさぶろう》は寝かされていた。

三年ばかり前から胸を患っていたらしいが、出世の妨げになるからと江戸の喜助には報《しら》せないでいたらしい。そんなことを……と歯がゆく思うとともに、父ならきっとそう望むだろうと腑《ふ》に落ちている自分もいた。十一年ぶりに会う父はずいぶん痩《や》せてしまって、海で灼《や》け、鍛えた体すら縮んでしまった気がする。喜助は、震えそうになる声を懸命に抑えながら、「お久しぶりです」と言った。

「喜八……いや、喜助か」

目を瞑《つぶ》っていた父が、嗄《か》れた声で応じた。半身を起こそうとして、両隣から母と、十六になった妹のおつきが支える。苦しげに座った父だが、開いた目は不思議なほどに澄んでいる。ああ、変わらないと喜助はぼんやり思った。

「江戸で商いを始めました。『どうなつ』という、世にも珍しき食べ物です。おとっつあんにも作りましょう」

喜助の言葉を、父は黙って聞いている。

「おとっつあんのおかげです。幼い時分にかけてくれた言葉で、わたしは逆風のなかでも腐らずに進むことができました」

それはいまでもそらんじることができる。

『まんず生き延びろじゃ、喜助。それが叶《かな》ったら、人を生き延びさせられる人間さなれ』

父は喜助をじっと見返すばかりで、返事がない。まるで静かな老犬のような目に気圧《けお》され、喜助は余計なことまで言った。

「ですが……人のために生きる、というのがこれほど難しいとは思いませんでした。誠に生きても目障りに思われ、少し評判を取れば足もとをすくわれます。もう、あとずさるにも後ろは崖ばかりで……」

そこまで話したところで、ようやく父はふうと息を吐いた。聞こえているだろうかと案じたのは杞憂《きゆう》だったようで、父は意外なほどにはっきりした声音で言った。

「おめえは変わらねな」

変わらない。子供のころから、ということか？

「人は一人じゃあ生きられねえ。おめえが一人でできることなんて、ほんの少《ぺっこ》しだべ」

やや間《ま》を置いて、父は「んだがな」と続けた。

「おらとか、人に言われたからでねえべ。おめえの中で、湧き上がる気持ちがあるからこそ、気張っていられるんだべ。それを育て上げたのは紛れもねえ、おめえだ。曲がらねえ性分のおかげだ」

喜助はじっと父を見つめた。長いあいだ張り詰めていた気持ちがゆるみ、目の前が滲《にじ》んでいく。

「どうしてもうまくいきません。それでも、一人では生きられなかったことも確かです。どれほどの優しさをもらったか。どれだけ闇の中から引っ張り出してもらったか」

瞼《まぶた》の裏には、どうしようもなくおりんと清吉の姿が浮かんでいる。二人だけではない。春斎先生や平十郎、毎日どうなつを買ってくれる人たち。

喜助はこらえきれず、敷かれた夜着に両の腕をついた。

「所帯を……持つことにしました。おりんさんという毅《つよ》い人です」

いつ言おうかと思っていたことが、すんなりと口から出た。

「いま商いの用意をしている、『ぱん』という海の向こうの食べ物ができあがったらです。正直に言って、うまくできるかどうかわかりません。五里霧中で、どうすればいいのか……。それでも、おりんさんとともに生きたいのです」

手拭《てぬぐ》いで顔をこすりながら、喜助はそう告げた。母も妹も洟《はな》をすすっている。

父だけが、濁りのない目で喜助を見据えた。

「その人さ……会ってみだかったな」

そして言う。

「焦るな。風を待て。よおっく耳を澄ませば、聞こえてくるはずだじゃ」

なにが、とは問えなかった。父は乾いた咳《せき》が止まらなくなり、慌てて薬を取りに行くおつきと、水を飲ませようとする母の声が、喜助の戸惑いを奪い去った。

父はずいぶん弱っていたらしかった。もう水を飲む気力も残っていないのに、喜助と話すことができた。もしかしたら、ずっと待っていたのかもしれない。遠い江戸にいる頼りない息子のことが、気がかりだったろうから。そこから十日を長らえて、漁から帰った兄やその許嫁《いいなずけ》にも見守られ、船影が水の彼方《かなた》に消えゆくように、すうっと息を引き取った。

悲しみはあまり湧かなかった。江戸を発《た》ってからずっと――いや、そもそも江戸に出たときに、死に目には会えないものと覚悟を決めていたからかもしれない。それとも、まだ信じられない心のほうが強いのか。喜助にはよくわからない。悲しみは波濤《はとう》のようにどっと襲うものとばかり思っていたのに、霧雨のゆるやかさで体を包むばかりだ。

通夜と葬式、それから埋葬。家の内は目が回るほどの忙しさだった。折しももうじき農事が忙しくなろうかという時期で、猫の手も借りたい。喜助はおつきに教わりながら種まきをし、これから巣を作る蜂を防ぐための罠《わな》を作り、魚網の修理をした。

働く合間に、喜助には一つ思い出されたことがあった。

このあたり、南部のご領分では、昔から小麦粉と水、少しの塩を練って焼いたせんべいが食べられている。喜助の家に焼き型はないが、肝入《きもいり》の家にあってときどき借り受けていた。ぱりぱりに乾いているので日持ちもする上、囲炉裏で作る汁に割って入れれば腹も満たせる。江戸の、米と醬油《しょうゆ》で作るせんべいとはまったく違うものだし、ずっと忘れていた。だが、その優しい味わいはぱんと通ずるものがあった。囲炉裏端で母や妹とせんべいを食べながら、喜助はしみじみ考えた。一番深いところにある思い出が、喜助をぱんへと向かわせたのかもしれない。

「これからやっていけるかい。おとっつあん抜きで」

埋葬を終えて三日が経った。昼すぎ、喜助は縁側で小麦粉を捏《こ》ねながら、おつきに訊《き》いた。明日、喜助は江戸へ戻る。着いた次の日に作ったどうなつが家族に面白がられたので、最後にもう一度作って近くの家にも配ってくれと母に頼まれたのだった。

喜助が今日わざわざ揚げ物を作ると聞き、おつきはどこからか山菜や蕗《ふき》の薹《とう》を採ってきた。あとの油で天ぷらにする気なのだそうだ。ほかにも、明日の朝しっかり食べてもらうためにと、兄が獲《と》ってきた鰈《かれい》やいかを開いて、近くの物干しにかけた網の袋で干している。豪勢なことだ。

庭先の筵《むしろ》へ蕗の薹を広げながら、手拭いをかぶったおつきが屈託なく笑った。

「なあに喋《しゃべ》ってんの。父《と》っちゃは三年前から寝ついてたんだから、その代わりにおらがちゃあんと働いてるべ。喪が明けたら喜一《きいち》兄も所帯を持って家族が増えるし、喜八兄は気にすることねえべさ」

「本当に、帰らなくていいんだね？」

言いながら、喜助はおつきになんと答えてもらいたいのだろうと考えた。「いてほしい」と本当に言われたらどうするつもりなのか。だが、もうこの家には喜助の場所はない。兄嫁が来るし、十一年も前の子供時代に出ていった喜助は、言葉も生活もあまりにも違ってしまった。昔、失われた舟もとうに買い直し、俵物《たわらもの》の仕事も戻ってきた。

それに、やはり――。

「大丈夫だじゃ。舟は喜一兄が継いだし、叔父《おじ》さんからいろいろ教わってる。農事はこれまでどおりに棚畑のみんなでやっから。……勘太郎さんらもいるし」

おつきがふと俯《うつむ》き気味になった。だが、なぜだろうと喜助が考える間もなく、

「喜八兄は、喜八兄にしかできねえことがあるべ。それを江戸でやって」と、思いのほか力強い口調で言われた。

「ああ、ありがとう」

そんなところへ、忍び寄ってくる影があったことに、喜助はまったく気づかなかった。縁側の下に潜んでいた猫が、網に干した魚を狙って急に飛び上がったので、度肝を抜かれた。

「わっ」

「こらっ！」

近在をうろついているトラ猫だ。残念ながら望みは果たせず、網の袋に爪が引っかかり、ぎゃおうと鳴いて暴れた。体を大きくくねらせたおかげで、隣に吊《つ》るしてある蜂の罠が蹴《け》られ、喜助の上に落ちてきた。

「うわあ！」

そこで、ようやく猫の爪が外れて地面に着地し、目にも留まらぬ速さで駆け去っていく。

「兄、大丈夫？」

ひっくり返った兄のもとにおつきが駆け寄ってきたが、どうしようもない。

喜助が作ってかけた罠は、不用の魚籠《びく》に入れた竹筒で、竹筒には酒が入っている。魚籠の口には穴を開けた茶筅《ちゃせん》が仕込んであって、酒の匂いにつられて入った蜂が出られないようにしてある。こうやって春先に蜂の親を減らし、家の周りで作られる巣を減らす父の工夫だ。

獲《と》れた蜂は酒に漬けて飲むというが、まだ仕込んだばかりなので入っていない。入っていなくてよかった。喜助は酒を全身に浴び、声も上げられない。

「兄、たしか下戸だったんでねか？」

「だ、大丈夫。飲んだわけではないし」

そう言いながら、喜助はなんだか頭がふらついてくるような気がした。おつきが母を呼び、二人がかりで着物を替えさせられた。幸いそれ以上気分が悪くなることはなかったが、匂いに当てられたのか、それともこれまでの疲れが出たのか、妙に眠たくなってきた。あてがわれている客間に戻って眠り、晩になって兄が帰ってくると、みなで飯を食べて、またすぐに寝た。

喜助が、捏ねていたどうなつ生地のことを思い出したのは、明け方近くになってからだ。

「おつき！」

寝間着のまま、母とともに朝餉《あさげ》の支度を始めていたおつきのもとへと走った。

「き、昨日の生地はどうした？　まさか捨ててしまったか？」

「そんたなこと、するわけねえべ」

おつきはころころと笑い、竈《かまど》のそばに置いてある蒸籠《せいろ》を指さした。

「やっぱり忘れてたんだ。いつ作んのかなって面白がって見てたけど。酒がかかったけど汚れてはいねえべと思って、捏ねなおして濡《ぬ》れ布《ぶ》巾《きん》をかけておいたから」

「ああ、ありがとう……」

ほっとし、情けない声で礼を言いながらも、喜助は蒸籠の蓋《ふた》を取って中を見た。

「……え……」

夜明けの薄暗がりなので、よく見えない。こんなにたくさん粉を使ったのだったか。

「これは……」

戸惑って震えそうになる両の手で、濡れ布巾をそっと外した。

そして、喜助は聞いた気がした。

ふっくらと、もとの二倍ほどに膨らんだ、丸く柔らかな生地が。

ふつふつと、湯気を立てるようなかすかな息遣いをする音を。

それは天からの光であり、黄泉《よみ》からの声でもあった。

父の遺言。耳を澄ませば、必ず聞こえてくるはずの音。

喜助を待っていたその音色。

さまざまな感情を呑《の》み込み、ゆっくりとその生地を包んだ喜助の掌《てのひら》は、そこに人のようなぬくもりを感じ取った。

窓から射《さ》す曙《あけぼの》の光が、喜助の手を照らした。

二

そして、喜助は走っていた。山の街道を、盛岡へ、さらにその遠くへと向かうために。

最初からこの調子ではすぐにばててしまうと、わかってはいる。それでも急《せ》いてしまう足は、心は止められない。

生地にかかった酒は、父の手製のものだった。近隣で採れる山葡萄《やまぶどう》と接骨木《にわとこ》の実を合わせたのだという。

どちらもごく小ぶりな実をたくさんつけるが、山葡萄は黒に近い紫色で、体が震えるくらいに酸っぱい。名前のとおり山に生えるものだし、寒さに強いのか奥州にことさら多いらしく、江戸ではとんと聞かない。

「このへんではずうっと昔から作っていたもんだ」

急いで出立するという息子に向けてせっせと雑穀の握り飯を作りながら、母がそう教えた。

「何代も前から受け継がれてきた酒だ。何百年か、もしかしたら何千年か」

竈とありあわせの羽釜《はがま》を借り、生地が焼けるのを祈るような気持ちで待ちながら、喜助は母の言葉が引っかかって、「何千年……」と呟《つぶや》いた。

「んだ。ここにご先祖様が住み着いてからずっと作っていたんだべな。山葡萄だけだと酸っぱすぎるし、接骨木の実はそのまま食べると体に良《い》ぐねえ。工夫したんだべなあ」

母は、寡黙な父に比べればよく話すほうだと思うが、江戸の人のお喋りには及ばない。ゆっくり、嚙《か》んで含めるように話すお国言葉は、喜助の耳に心地よかった。つるりとした色白の顔は子供たちもよく受け継いだが、今年で四十五になり、白髪が目立ってきた。

「食べ物はなあ、生ぎているんだ」

怪訝《けげん》に眉《まゆ》を寄せた喜助を、母は面白そうに見つめた。

「感じたことはねがったか？　生ぎ物が食べ物になるんでねえ。食べ物が生ぎ物なんだ」

「食べ物が、生き物？」

「んだ。なんもしねえでると、食べ物は腐《あめ》ていくべ。ひでえ臭いさなって、どろどろで、黴《かび》まみれ。とても食えたもんでねえ。んだども、ほんの少し手え加えてけると、生ぎてくる。不思議なことにな、どろどろで、臭くても、うめえもんがある。食べ物の命の分かれ目はそこなんだ。人がうめえと思うかどうか」

「ああ……」

そこまで言われて、喜助には思い当たることがあった。

「納豆とか、なれ鮨《ずし》みたいなものですか？」

「んだ。それはしょせん、人の見方でしかねえんだと思う。んだけんど、おらたちのじっちゃ、ばっちゃ、そのまた前の先祖たち、村のはしっこのごみ入れの穴が人の背丈くらいに堆《うずたか》くなるまでに生ぎてきたみんなが、ずっと守ってきた見方だ。木の実から酒を造るのも、魚の腑《ふ》から塩辛や醬《ひしお》ができるのも、大根漬けも納豆もみーんな、おんなじことだとばっちゃは言ってだ。食べ物は腐らすんでねえ、生がすんだ、ってな」

「そのための、ひと手間が……」

喜助は母から聞いた。一番の早道は、「生き物」のもととなる食べ物を混ぜてやればいいのだと。それは、同じ「生き物」でもあれば、そうでないこともある。いや、人が気づかぬだけで、本当は生きているのかもしれない。大根にはぬか床を、大豆には湯をかけた藁《わら》を。そして大切なことは、本当に生き物を育てるように、放っておかずに掻《か》き混ぜたり、暑すぎず寒すぎぬ温度を守ってやることなのだと。

まんじゅうの生地に甘酒を入れることの理由が、ようやく喜助にはわかりかけていた。必要だったのは甘さではなく、「生き物」としての甘酒だったのだ。そして、暑すぎず寒すぎない季節が。なにもわかっていない喜助は、でたらめなやりかたをしていた。それに、これまで喜助が生地に混ぜてきたものは、不運にもすべて「生き物」ではなかった。ならば、生きてこないのは当たり前だったのかもしれない。

喜助は、待てていなかったのだ。そして、食べ物が発する音を――声を聞けていなかった。向き合えばおのずとわかるはずだったのに、幼いころにそばで見て、知っていたはずのことさえ忘れ、焦るあまりなにも感じとれていなかった。

「はあ、はあ……」

山道の途中で、喜助は少し腰を折って立ち止まった。さすがに息が上がってしまった。少し休まねば。

朝の霞《かすみ》は去りつつある。かわりに日射しのあたたかさを享《う》け取る森の彼方《かなた》から、高らかに鶯《うぐいす》の声が響いた。

ふと顔を上げれば、小さく芽吹きはじめた木の枝が、ごく淡い緑色をあちこちで覗《のぞ》かせている。

春が、来たのだ。喜助は急に気づかされるとともに、幼いころ父とともにこのあたりを歩いたことを思い出した。

ふんわりと柔らかな、古い葉が混ざった土の匂い。足もとのすぐ脇を流れる、雪解けの小川の音。誰にも知られることなくまばらな花をつける山桜。六つ、七つだった喜助には、次の季節への楽しみと、父への信頼しかなかった。それがすべてで、一番大事なことだった。

「よく見ろ。よく聞け」

父はそう言い、あちこちを指さしていた。目覚めて動き出した熊の足跡、狼の糞《ふん》。山が崩れる前には、濁り水が出て不気味な音がするという。それらをたくさん教わったはずだったのに、江戸では江戸で生きることに追われ、すっかりどこかへ押しやっていた。

「食《け》え」

歩き回ってくたくたになったころ、父は懐から握り飯を出して喜助に与えた。それに入ったたった一つの梅干しは、どんなお菜よりもうまかった。

「……父《と》っちゃ」

喜助は、あのころと同じ呼び方を口に出す。涙をぬぐいながら、掌にたった一口ぶんだけ持ってきたぱんを開いた。

ふんわり焼けたぱんは、みな家族や近所の家、仏壇に大盤振る舞いしてしまった。あまりにみんながうめえ、うめえと言うものだから。

山を見ながら食べたぱんは、父がくれた握り飯にも、長崎で味わった一口にもまだ及ばなかった。しっとりしすぎて香ばしさが足りないし、てっぺんは白くて底は焦げかけている。何度も練習しながら、焼き加減や味を調えていく必要があるだろう。

それでも、喜助はなんとかここまでこぎつけた。大事な人を喪《うしな》った悲しみの大雨が、いまになってやっと襲ってきたけれど、もう心細さはない。父が、みんながくれた言葉を胸にしまい、喜助は再び山を歩きはじめる。平十郎のいる川越へたどり着くころには、月が明けて三月になるだろう。

だが、期日には間に合う。きっと間に合わせるのだ。

喜助は洟《はな》をすすりながらも、決してよそ見することなく、春の山を歩いた。


「それで、日光《にっこう》にも寄らずまっすぐ来られたのか。喜助さんらしい」

川越、秩父屋。前と同じだだっ広い座敷で、喜助は平十郎と向き合っている。昨日までここには粕壁《かすかべ》から遊びに来た孫の雛《ひな》飾りが置かれていたといい、その名残か、床の間には桃の花が生けられていた。

奥州道中を盛岡から一心に歩いてきた喜助は、日光街道に入っても、参詣《さんけい》も湯浴《ゆあ》みもせず進んだ。もはや神頼みのときは去ったのだと思った。昨日、古河《こが》の木賃に泊まった際、台所を借りて小麦粉を捏《こ》ね、瓢箪《ひょうたん》に入れてきた父の酒を混ぜた。それを真新しい手拭《てぬぐ》いでくるみ、朝から歩くあいだには、強い春風に負けぬよう、喜助の懐の中で赤子を抱くようにして運んだ。そうしてたっぷり膨らんだその生地を、前回知り合った川越の焼き芋屋で焼かせてもらったのだった。

「なるほど。これが」

もとは喜助の顔ほどの大きさだった生地を、焼く前に拳大《こぶし》に分けておいた。平十郎は名のある器でも眺めるようにしげしげとぽんを回して見、それから大きく口を開けて食べた。

「……いかがでございましょう」

黙って咀嚼《そしゃく》するあいだ、喜助はたまりかねて前のめりになってしまう。ずいぶん長いと感じたが、十数えるほどのことであったろうか。大商人はゆっくりとそれを飲み込み、「うまい」と微笑した。

「なるほど、噂にたがわぬ『ふわふわ』であるな。かすてらよりも食べごたえがあり、穀物の風味が焼くことで際立っておる。ふむ、『生き物』の力で生地が膨れたことにより、無数の小部屋ができて食感がよくなる仕組みか。まだ改良の余地はあろうが、喜助さんが夢中になるだけのことはある」

「……はい……」

安堵《あんど》で体の力が抜け、喜助はへなへなと座り込んだ。

「約束どおり、見世を構える用意を出させてもらおう」

平十郎が話す声も、どこか遠くで聞こえるようだ。

「十両だ。返済のしかたは追って話し合うこととしようか。それから、わしもこのまえ甲州へ行くと申しておったろう？　そこには名物の葡萄《ぶどう》の酒なるものがあってな、寒天の葡萄酒寄せを作ろうと思っていくらか手に入れてきたのだが、酒蔵から『葡萄酒の親』という特別な酒も購《あがな》った。それを融通するから、増やしてぱんに使ってみなさい」

聞けば、それを潰《つぶ》した葡萄の中に混ぜておけば、酒になるのだという。もしかしたらそれが葡萄を酒に「生かす」もとなのだろうか。

「よろしいのでございますか？」

江戸のあたりでは、接骨木《にわとこ》はともかく山葡萄《やまぶどう》は採れないだろうと思っていたので、それが心配だったのだ。山葡萄の酸味が強すぎるのも気になるし、葡萄で済むのならそれに越したことはない。そういえば、出島では葡萄酒が呑《の》まれていると聞いたのだった。オランダでも『葡萄酒の親』を使ってぱんを膨らませるのかもしれない。

「もちろんだ。これから忙しくなるぞ。見世の場所を定めて借りて、専用の竈《かまど》も設《しつら》えねばな。そうだ、春小麦ももう蔵に入っておる。早く使ってくれよ。薪炭も秩父のほうから取り寄せた。売値は少しまけてやろう」

「あ、ありがとうございます」

平十郎の手回しのよさに、喜助は驚かされるばかりだった。自分が生地や窯というわかりやすいことばかり見ているあいだに、この人はさまざまなことに注意を向けてくれていたのだ。

ふと、意気込んでいた平十郎の表情がやわらいだ。

「悪かったな、喜助さん。秩父屋でもぱん屋を開こうという案は、嘘だったのだ。おまえさんをけしかけるために思いついただけでな。わしは、うまいもののことになると心血を注ぎすぎる性質《たち》なので、商いにはせぬことと決めておる」

「そ、そうだったのでございますか……」

豪快に笑う平十郎に、喜助は苦笑いを浮かべるので精いっぱいだった。どれだけ気を揉《も》んだことか。それでも嘘だと言われれば、怒るよりも肩の荷が下りたようなさっぱりした気分になるのだから、自分でも呆《あき》れるほどのお人好しだ。

そんなところに突然襖《ふすま》が開き、顔見知りの番頭が「旦那《だんな》さま！」と血相を変えて入ってきた。

「なんだ、客人と大事な話をすると言っておったろうが」

「申し訳ございません！　お客様にも聞いていただいたほうがよろしいかと」

平身低頭する番頭の様子になにかを察したものか、平十郎はもう小言を並べず、

「どうした」と問う。

顔を上げた番頭は、ひどく悲しい目をしていた。

「江戸で……大火事です。河岸の符牒《ふちょう》で知らせてまいりました。昼ごろ、海沿いから出たとかで、日本橋店《だな》が燃えました」

「なんだと」

平十郎は喜助と目を交わしあった。

「今日は春風が強い」

「はい。いまだ燃えておるようです」

昼の報《しら》せが夕刻に川越まで届くとは面妖《めんよう》なことだが、名うての材木問屋である秩父屋は、火事ともなればよそに先んじて材木を調達し、江戸まで流さねばならない。火事が起きたことはもとより、いつ、おおよそどこが燃えたのかくらいは、大川沿いにいくつもある河岸や渡し場に人を置き、松明《たいまつ》や旗のような符牒ですかさず報せる仕組みになっているとは、あとから聞いた話だ。相場の変動もこうして河岸から河岸へと報せるという。

「どこが……どこが燃えたのでしょうか？」

すっかりうろたえてしまい、震え声で問う喜助に、番頭は俯《うつむ》いてしまった。

「まだ詳しくは……ただ、風はあいにく丑《うし》の方角へ吹いておりますゆえ、消し止められねば――」

「日本橋から神田、蔵前《くらまえ》、上野《うえの》、浅草が燃える」

平十郎の沈痛な声に、喜助は「そんな!」と情けない声を上げた。目の前が真っ白になってしまい、うまく息ができない。

喜助が江戸で生きてきたすべての土地だった。そこに住む人は――知った顔はあまりにも多すぎた。

いくら江戸に火事が多いとはいっても、海からあっという間に日本橋まで炎が至ったとは、喜助には想像がつきかねた。多くの人が逃げ惑い、逃げ遅れてしまったことだろうと思う。

まさか……まさかおりんは。長兵衛は。それに清吉や春斎先生。冥丹先生はまだ江戸にいるはずではないか。もう少しで長崎へ帰るところだったのに。ならば、清吉も一緒か。晴れて医者になると言っていた清吉は。それだけではない。おりんとだってたくさんの約束をしたのだ。ともにぱんを作ると――いや、ともに生きていくのだと。

平十郎の制止も振り切り、喜助は縁側から裸足《はだし》で外に出た。江戸のほう――巽《たつみ》の方角を探すまでもなく、遠くの空が不気味に赤黒く染まっているのが見える。喉奥がぎゅっと絞られた。

「ああ……」

「これは、なんということだ」

追いついてきた平十郎も絶句した。五十年生きてきて、これほどまでの火事は初めてだと言う。

「どうしよう……おりんさん……清吉……」

庭の玉砂利の上にくずおれる喜助を、平十郎が抱きすくめるように支えた。

「望みを失うな！　我らにはやるべきことがある」

「……やる、べき……？」

感情に溺《おぼ》れ、嗚咽《おえつ》しながらあえぐように問い返す喜助の目を、平十郎は強く見つめた。

「多くの者が命を落とすだろう。さらに多くの者が家族を、家を失ってしまう。食べるものにも事欠くぞ。お上のお救い小屋が設けられるだろうが、混乱の中で足りるかどうか。慌てふためいておる暇があれば、食べ物を作って送るのだ。わしと、おぬしがだ」

その瞳《ひとみ》には、断固とした意志が宿っている。闇にも不思議と澄んだ光が映り、臨終の床で喜助を見つめた父の目と重なった。

平十郎は番頭のほうを向き、大音声《だいおんじょう》で指示を飛ばした。

「すぐに余っておる芋を集めよ。鎮火しだい竈で焼き、材木とともに一気に江戸へ流せ」

火事ともなれば、材木問屋はさぞかし大忙しだと思ってはいたが、芋とは。

あっけにとられる喜助に振り返り、平十郎はどこか悲しげに笑んだ。

「長年、考えておったことだ。材木を調達するだけではない、わしにしかできぬ役目を」

若き日に、材木の舟に芋を一緒にのせて運ぶのを夢見たと、彼は言っていた。奇《く》しくも、その案が大火によってなされようとしている。だが、もしかして平十郎はこんな日が来るのをどこかで覚悟していたのかもしれない。

それが、己の生きる意味とさえ思って。

喜助は猛然と立ち上がり、平十郎の胸につかまらんとするほどまで近づいた。

そして、涙と洟《はな》が流れるままに叫ぶ。

「決して邪魔はいたしません。すぐにでも小麦を融通していただけませんか？　粉にして、葡萄酒の親とともに捏《こ》ねておきます。そして、芋がすべて焼き上がったあとの竈をお貸しください。芋の次にはぱんを江戸へと運びます」

ぐしゃぐしゃになり、震える喜助の顔を、平十郎はどこか冷たささを感じるほどにじっと見つめていた。

「掛かりは払ってもらうぞ。それでもよいのか？」

「もちろんでございます。見世開きのための十両、そこからお引きください。足りなくなればそれも借財に上乗せしていただくしかございませんが、何年かかっても必ず返します」

それを聞き、彼は目を見開いた。

「見世が開けなくなるぞ。よいのか？」

「目の前で飢える人がおるのに、悠長に見世の準備などしてはおられませぬ。借財のかたにはわたしの命をお持ちください。秩父屋で働いて返しますので。なにとぞ、お願いいたします……お願いいたします！」

喜助は悲痛に叫んだ。

「わたしも決めておるのです。一人でも多く、飢える人の命をつなぎたいと」

平十郎にすがりながら、おりんの姿が目裏《まなうら》にちらついてしかたがなかった。生きていてくれ。おまえさんを産み、育てた三人の親のためにも。

三

翌朝はどんよりと曇り、いまにも降り出しそうだった。江戸でも天気はさして変わらないだろうから、雨よ降れと喜助は窓から眺めながら願った。少しの仮眠を挟み、夜からずっと小麦粉を捏ねている。葡萄《ぶどう》酒の親を混ぜ、拳大《こぶし》に丸められた生地は、川越中でこれまた夜通し燃やされ続けている焼き芋屋の竈《かまど》の近くに、蒸籠《せいろ》へ入れて次々と置かれている。町中の芋が尽きたころ、ぱん生地はふかふかになっているはずだ。花冷えでうまく膨らまないと困ることもあり、あたたかい竈近くの場所を喜助のほうから頼んだ。

一緒に仕事をしてくれる秩父屋の台所衆やお女中たちも、生地が膨らむ仕組みを説明すると、すんなりわかってくれた。昔から知っていることを、喜助が言葉を変えて言い直したに過ぎないのだろう。「ようは、餡《あん》なしまんじゅうかい」と、どこかで聞いた言葉を使って微笑む。

さらに、「葡萄酒の親」という酒を増やすのを手伝ってくれた。徳利に、水漬けの干《ほ》し葡萄というものが入っている。四、五日も置けばぶくぶくと自然に泡を発し、酒になるので、それを潰《つぶ》した葡萄に混ぜて増やす。不思議なことに、葡萄だけでは酒にならないらしい。平十郎は、それがぱんにも使えるだろうと言ってくれたので、見世の者たちと干し葡萄水を用意した。

正午、九つの鐘を聞いてしばらくすると、雨が降りはじめた。

「ようやくか……」

安堵《あんど》と不安がないまぜになった心で、喜助は奉公人たちとため息をつく。この雲は江戸にも続き、ちゃんと雨を降らせているだろうか。雨はやがて本降りになり、川の水量を増やした。

「鎮火だ！」

その報《しら》せが舞い込んできたのは、雨がやみ、暗くなってからのことだ。また、松《たい》明《まつ》かなにかで秩父屋の符牒《ふちょう》が送られてきたらしい。

報せを受け、秩父屋ではいっそうの大騒ぎとなった。続々と材木、そして焼き芋を積んだ船を流しはじめる。夜闇や多少の増水など、ものともしない様子で水夫《かこ》たちは舟を操っていく。

ぱん生地を入れたざるを持ってその脇を駆けながら、火事のあとの材木は、まるで初鰹《はつがつお》のようだと喜助は思った。

みなが欲し、値も上がる。だが、生きるためにそれを手に入れたいと思う心を、誰が責められようか。売る側とて暴利を貪《むさぼ》っているわけではない。秩父屋のように、少しでも早く必要な場所へ届けるため、どのような労苦も厭《いと》わない姿は、金には代えられないものと喜助は知った。そしてまた、初鰹を釣り、届けようとする者の心を、まことに考えたことはあっただろうかと、痛む腕と疲れきった心で思った。

続々と報せが舞い込んでくる。これは日本橋店《だな》から逃げてきた奉公人たちが持ち帰った。いわく、火元はやはり海沿いの芝車町《しばくるまちょう》らしく、強風に乗って高輪《たかなわ》、田町《たまち》、京橋、日本橋までを一気に焼いたあと、さらに広がって神田川を越えた。そのあたりで江戸にも大雨が降って火勢が弱まったらしいが、彼らが見聞きしたのはここまでだった。

喜助は、ふらつきそうになる足取りで焼き芋屋を回り、芋が尽きた竈にぱん生地を入れて回った。焦げつかないよう底に薄く菜種油を敷き、少しでも早く焼くため、鉄の蓋《ふた》があれば上にも炭をのせて焼く。

川越近郊の水車小屋でも、休むことなく小麦を粉にしてくれている。それに葡萄酒の親を混ぜて捏ね、丸一日かけて膨らんだら焼く、という動きは秩父屋の者たちも心得ていた。平十郎の下にいるだけあって、喜助よりも勘が冴《さ》えているのだ。喜助は自分も水車の一部にでもなったような心持ちで、無心にぱんを焼き、取りだしてはざるで冷まし、紙に包んで木箱へ入れていった。

「どうだ、ぱんは焼けたか」

翌朝、自ら先頭に立って舟を送り続けた平十郎が、一日半ぶりに顔を出した。髭《ひげ》も鬢《びん》も伸び、髷《まげ》はほつれかけている。疲れのためか、頬がこけて一気に老け込んだような顔つきだったが、喜助も似たようなものだろう。

「おお、たいそう焼けたようだが、そのようななりではいかんな。軽く整えなされ」

蜂の巣をつついたような騒ぎの河岸で、積んだ木箱に囲まれる喜助を見るなり、彼はいきなりそう言った。

「焼けたぱんを配らねばならぬぞ。半刻《とき》後に出る舟に乗り、喜助さんも江戸へ向かうのだ。なに、舟で眠ればよい。わしもあとから同じようにして行く。日本橋の見世は燃えたが、穴倉に大事なものが残っておるのでな」

火事に備えて床下に穴を掘り、金目のものや重要な書類を入れておくのは、どの商家でもしていることだ。
人もそのようにしてやり過ごせたらよいのにと、喜助は霞《かすみ》のかかった頭で考えた。

材木を積んだ高瀬舟の隙間に、ぱんの木箱とともに押し込まれ、喜助は新河岸川を下った。四人の漕《こ》ぎ手が乗っているが、彼らはかわりばんこで眠るようだ。休みなく浅草と川越とを往還しているという。一人の話では、火消したちが気張ったおかげで、むやみに火は広がらなかったそうだ。おかげで逃げ延びられた人たちも多かったが、それでも五百町は焼けたのではないかということだった。

やがて日暮れとともに川面《かわも》は溶暗し、星さえない夜に岸から見える遠い灯りだけが頼りとなった。灯籠《とうろう》流しのように、舟は黄泉《よみ》へと向かっているのかもしれない。心さえも闇に溶けだすようで、喜助はさまざまな夢を見た。

初鰹のお祭り騒ぎ。真夏の出島。凍える手で売ったどうなつに、小さな猿の手の器用さ。病の床から父が語りかけてくる。声明《しょうみょう》のように、舟歌のように。無言の山桜が散る。散って不忍池に降り注ぐ。蔦《つた》の葉の紅《あか》さと、おりんが作った菜の花のおひたし。

目覚めれば、夜明けが近い。もう一年も眠っていたように感じた。違う。ちょうど一年前、樺屋を追われた。それからひたすら必死にもがいてきた。いつか報われたらよいと思いながらも、雲をつかむような不安から逃れられなかった。それでも、喜助はぱんを焼いた。真っ先に届けたい人が生きているのかすら、わからぬままに。

夜明けとともに、浅草、東橋近くの花川戸河岸に下り立った喜助は、目の前の景色に愕然《がくぜん》と立ち尽くした。

ちょうど火事はこの近くで鎮まったらしい。浅草寺はからくも無事だったが、その前の通りから先がすべて、灰燼《かいじん》に帰していた。大きな箒《ほうき》が江戸の海岸部から内陸部へひと掃きしていったように、幅七、八町ばかりがどこまでも焼けている。本当にここから海が見渡せそうなほど、なにもなかった。

呆然《ぼうぜん》としている場合ではない。喜助は、まだ焦げ臭く煤《すす》っぽい空気を感じながら動きだした。木箱のぱんを急いで天秤棒《てんびんぼう》の籠《かご》に移し替え、まずは有明長屋を目指す。幸い、喜助の部屋はここから目と鼻の先だ。とうに燃えてしまったと諦《あきら》めていたが、どうやら残っているようだ。ならば。

信じられないような思いで、よく知る町を小走りに行く。

寿徳院の境内には、逃れてきた人が数十人、筵《むしろ》を敷いて座り込んでいた。さらに多くの人が本堂にも寝起きしている気配がある。もしかしたら、喜助のどうなつ屋台を待っていた人もいるかもしれない。ちくりと痛む心で喜助は天秤棒を下ろし、長屋の戸を開ける。

もしやと思っていたが、中には人がいた。

まず、まったく知らない職人風の男が一人、框《かまち》に腰かけている。いきなり目が合って気まずい思いをした喜助は、次に彼の足もとに屈《かが》み込んで膝《ひざ》の傷を手当てする老僧を見た。

いや、この白髭は――。

「春斎、先生？」

間抜けな一言を発する喜助に、竈《かまど》から椀《わん》に移した灰を持って立ち上がったのが、背の高い僧形の若者だった。

「おう、喜助、帰ったか」

「清吉……。どういうことだ、これは？」

無事を喜びたいはずなのに、あまりの光景のためか気が削《そ》がれてしまった。戸惑う喜助の背後から、今度は長崎弁が聞こえた。

「家が燃えたけん借っとった。怪我人だらけやけんね」

顔も着物も煤だらけにし、ますます浪人風情に磨きがかかった冥丹先生が、すり鉢とすりこ木を手にして立っていた。中では、よくわからない紫色のものがすり潰《つぶ》されている。

「いえ……お役に立てたなら結構ですが……」

仮の養生所ということであれば、しかたがない。あらかじめ断ってもらうにしても、そのような手段などなかった。そう思いながらも、どことなくすっきりしないが。

「おい喜助、なんでもいいから早く本堂へ行け」

だしぬけに清吉がそんなことを言う。仙人別当に帰還の挨拶《あいさつ》を、というがらでもないので、喜助はハッと背筋を伸ばす。驚くほど真面目な清吉の目を見て頷《うなず》き、籠からぱんを一つつかみ取ると、表へ飛び出した。本堂への短い石畳が、ずいぶん遠く感じた。

と、堂宇の戸が開き、中から襷《たすき》がけにした娘が一人、手拭《てぬぐ》いを持って出てきたところだった。その人を見るなり、喜助は声の限り「おおい」と叫んだ。

疲れた目がふと向き、喜助をとらえる。手拭いを取り落としたおりんが、両頰を押さえて「喜助さん」と言う。信じられないものでも見ているかのように。

二人は駆け、段木の下で抱き合った。

おりんは煤で着物を汚しながらも、怪我はないようだ。すすり泣くおりんに、喜助は同じように泣きながら、ぱんを手渡す。

「できたよ」

多くを語らずとも、おりんは悟ったようだ。涙で濡《ぬ》らした手で丸いぱんを受け取り、半分に割り、ゆっくり眺める。まるで、幻を目に焼きつけるように。

おりんの助言のおかげで、上からも炭を足して焼いたぱんは、それなりに香ばしくなった。少し時が経ってしまったものの、まだ柔らかさを残した生地が、ふわっと唇の中へ入っていく。

「うまいよ……。どこか、遠くから来たみたいな、でもずっと知っていたような味」

おりんは笑った。泣きながら笑った。喜助も自然と同じ顔になる。

春の日射《ひざ》しが、江戸に降り注いでいる。冷夏となって実りを奪い、風を吹かせて炎を逆巻かせる天だが、時として雨となり炎を消し、人を照らして花を咲かせる。

人は波間になぶられる小舟だ。凪《なぎ》を信じて生きるしかない。せめて、いまここにある手だけは離さぬようにしながら。

四

それからも、喜助は必死で動き回った。最初に持っていったぽんは、寿徳院の人たちにあっという間に配りきった。「なんでえ、こんなけったいなもん」と言う者は一人もいない。子を抱いた父母は涙を流し、若者たちはつらさを押し込めるようにぽんを口に入れた。生き延びた者、それぞれに別の来し方と行く末があることを、喜助はいまさらながら思う。

そんな中でも、ときには呟《つぶや》くように、ときには目を見て「うまいよ」と言ってくれる人たちの言葉に、力をつけてもらおうとした喜助の方が胸を打たれた。そのつど、理由もさだかではない涙が溢《あふ》れるのを、止められなかった。傍らではおりんも同じ顔をしていた。

おりんとともに逃げ、一度焼けたゐの屋を見にいっていた長兵衛も無事に戻ってきた。残念ながらゐの屋は屋台、寝所ともども丸焼けになってしまったが、命があってよかったと言うよりない。

出火のころ、まだゐの屋のあたりからは煙も遠くにしか見えなかった。江戸では晴れた夜ともなればほぼ毎晩どこかで半鐘が鳴っているものだが、やけに風が強く、お天道さまが砂塵《さじん》で黄色く染まるほどだったので、風向きも思うとおりんの心はざわめいた。やがて、風に乗ってはらはらと灰が降ってきたので、客にも注意しながら見世を閉め、近所の者とともに早々に逃げだした。

火元から遠いのは千住とか向島《むこうじま》のあたりだが、風下でもあるし橋が詰まって動けなくなるのが怖かった。とっさに畑が多い雑司《ぞうし》ヶ谷《がや》のほうまで走ったが、風が変わればそこにだって火は来たかもしれず、運がよかったとおりんは震え声で話した。鎮火の報を聞き、まずはいつ喜助が戻っても会えるように寿徳院を頼ったら、清吉らに会った。

清吉らは、当然のように喜助の部屋を使って治療をしていたが、どうせ喜助も部屋には帰らないのだから、好きにしてもらった。最初に持っていった木箱を半刻《とき》足らずで空にしてしまった喜助は、また舟に乗せてもらって川越へ戻った。今度はおりんも一緒だ。するともう次のぱんができあがっている。

そのぱんを流すのを潮に、秩父屋の人たちには休むか、もとの仕事に戻ってもらうことにした。鎮火から丸二日が過ぎ、材木問屋の仕事がいよいよ立て込んでくるころだ。代わりに、芋が尽きた近くの焼き芋屋を借り、おりんが一人でぱん作りの続きを担うことに決まった。それを、あらかじめ定めた刻に舟の一隅へのせ、浅草で喜助が受け取り、配る。そのような流れができた。

　それから三日間、喜助は朝から晩までぱんを配って歩いた。夜はきちんと寝ろとおりんや清吉たちからも厳命されていたので、興奮で目が冴《さ》えて困りながらも、すっかり養生所と化した長屋の土間で、筵《むしろ》にくるまって寝た。四畳半の畳には春斎先生と冥丹先生、清吉と新弟子の四人で、寝返りする隙間もない。

　少しずつ、火事のために火傷《やけど》や怪我を負った者らは減ってきたが、次に疲れや空腹から風邪を引きはじめる者が増えた。

「空腹は万病のもと。災害や凶作のあと、必ず流行《はや》り病が起きる」

　そう春斎先生は話す。そろそろ明らかになってきたことには、火事による死人《しびと》と行方知れずの者は合わせて千二百あまり。お上によるお救い小屋はご府内にいくつも建てられて、米などが配られているそうだが、財産ばかりでなく仕事や家族を失った者はすぐに暮らしが立つはずもなく、盗賊に変じて刃物を向ける者もいるという。

　喜助は必死でぱんを配り歩いた。浅草が中心だが、逃げた先から出歩けない者もいるかと思い、焼け跡やその周りをできるだけ歩き回った。そんな中、日本橋に足が向いたのはたまたまだ。

かつて喜助が勤め、暮らした樺屋も灰になっていた。天秤棒《てんびんぼう》を担いだ喜助がそこを通りかかったとき、五人ばかりの番頭と手代が早くも普請の段取りをしていた。穴倉から掘り出したらしき、よれた図面を広げて顔を突き合わせ、真剣になにごとかを話している。声をかけるか、迷いながら通り過ぎた喜助の耳に、「幸右衛門さまはあんなご様子だから――」と風に乗って入ってきた。

喜助は知らぬ顔で通り過ぎ、広小路――だった場所――でぱんを配り終えてから、また浅草でぱんを調達すると、建ち並ぶ寺社のあいだを抜け、田んぼ道をひたすら歩いた。

日がかげってきたころ、押上《おしあげ》村に着く。ここに樺屋の寮があり、店主がときたま休みに来ていたのを覚えていた。昔、何度か届け物をしたときと同じ道をたどり、一軒の広々とした農家風の建物を、生垣のあいだからそっと覗《のぞ》いた。

焼け出された主《あるじ》と奉公人が暮らすとしたら、ここしかないはずだ。さすがに百人も入るはずがないので、周りの家も借りているのだろうが。

幾人かの小僧が縁側と庭とをせわしなく行き来し、たくさんの洗濯物を取り込んでいるのが見えた。煤《すす》で汚れたのか、洗い張りしてある戸板もずらりと並ぶ。絶えず炊事しないと食事も間に合わないのだろう、屋根から煙がふわふわと立ち上る。

喜助はそっと裏の枝折戸《しおりど》から入り、家の裏まで回り込むと、空いている籠《かご》を見つけ、そこへ紙に包んだぱんを入れていった。頭の上の小窓から、土間にいる台所衆の声が漏れ聞こえてくる。

「……さま、まだ起きられねえかい」

「ああ、魂《たま》が抜けちまったんじゃねえかかな。ただでさえ…………だったのに」

「樺屋ももう……かなあ」

無言でことを終えた喜助は、ぱんが山ほど入った籠を入口のそばまで移し、すぐにでも見つけられるようにしておいた。そうする心は、自分でもうまく言えそうにない。火事の前は、樺屋など燃えても倒れてもどうにでもなれと思っていた。

だが、いざこんなことになってしまうと、命ばかりは拾ったものの、それ以外はすべて失ってしまった店主の抜け殻のような姿が目に見えるようで、胸が痛んだ。

口さがない江戸の雀は、「奉公人に次のことを全部任せて自分だけ寝ているなんて、天地開闢《てんちかいびゃく》以来の甘ったれ」とでも言うだろう。そうかもしれぬし、助けてくれと頼まれたわけでもない。だからといって勝手に困っていろと突き放すこともできなかった。命あればこそではあるが、その先にも生きる道は続いていくのだ。

歩み去りながら、敵《かたき》が弱っているところに現れて、したり顔で食べ物を配る図々《ずうずう》しいやつ、という思いがサッとよぎったが、力なく首を振って進んだ。いまは、こうするしかないと思ったのだ。それだけだった。

さらに三日、喜助はぱんを配った。そろそろ江戸のざわつきは落ち着いてきて、今日の焼け跡では続々と普請が行われている。自分の役目も終わりだろうと思い、今日の舟で川越のおりんを迎えにいくつもりだ。受け取ってくれることだけを励みにしてきたが、江戸っ子の態度にも少しずつ変化が出てきた。

「お兄さん、この『ぱん』ってやつ、珍しいしうまいねえ。どこでやってるんだい？」

「また食べたいから買いにいくよ」

そんな声が寄せられるようになっていて、とりあえず喜助は「浅草」と答えはしたものの、いつから見世をやるかわからない、と付け足していた。

「なんでえ、品物があるのに見世をやらないってなあどういう了簡《りょうけん》だい」

みんな不思議がったが、喜助はあいまいに笑ってやり過ごしていた。配ったぱんの数を帳面に控えているので、今日までの掛かりがどれほどになったのか、もちろんわかっている。そして、それがとんでもないことになっているとも。

　最後のぱんを配り終え、喜助が花川戸河岸で川越に持ち帰る木箱の片づけをしていると、ふいに背後から影が差した。振り返ると、編み笠《がさ》を深くかぶったお武家が屈んだ喜助を見下ろしていた。奥にも一人いる。そちらは毛織の長い黒羽織のような不思議な衣装と、編み笠とも違う黒いかぶりものをしていて、見たこともないほど上背がある。

「失礼つかまつります。ぱんを配っていたのは貴殿でございますか」

　手前の一人が柔らかな声で話しかけてきた。年のころはわからない。三十とも五十とも聞こえる。

「は、はあ。そうですが、あいすみません。ぱんは配り終えてしまいました」

　相手は「いいのです」と答え、立ち上がった喜助とじっと目を合わせた。奥の人も同じようにこちらを見ている。かぶりものの下に澄んだ青い瞳《ひとみ》を見出《みいだ》し、喜助は息を呑《の》む。

「あちらはオランダの方、私はその通詞です。焼け跡で評判を取っている『ぱん』なるものを一度見かけ、よくぞ作ったものと感心して罷《まか》り越した次第です。ぱんは大切な食べ物。あなたがたに祝福がありますように」

それだけ言うと、男たちは踵《きびす》を返し、待ち受けていた二つの駕籠《かご》に乗り込んだ。一つはお大名でも乗っていそうなほど立派で大きい。藍《あい》染めの法被《はっぴ》を着た駕籠かきが八人もついている。

ぽかんとしていた喜助は、そこで慌てて頭を下げた。

「あ、ありがとうございます！」

奇《く》しくも、いまはちょうど四年に一度の、長崎出島の商館長が江戸を訪問する時節だった。ヅーフなるカピタンは日本橋本石町《ほんごくちょう》の大店《おおだな》、長崎屋に逗留《とうりゅう》していたが、からくも逃げだして別の宿にいるという。そのような噂を清吉から聞いていたが、まさか己に関わりがあるものとは、露ほども思っていなかった喜助だった。

川べりの柳が風に揺れ、そっと喜助の肩を撫《な》でた。

この木は、ずっと見ていたのか。火事のありさまも、喜助が幾度も河岸と焼け跡とを往還してぱんを配っていたことも。

いまさらながらそのことに思いを馳《は》せ、喜助はふっと息を吐いて梢《こずえ》を見上げた。

五

そして、一年後。文化四年（一八〇七）三月朔日《さくじつ》。

浅草寺の門前、広小路に面した田原町《たわらまち》三丁目に、喜助とおりんは今日、「麺麭《ぱん》三雲屋」を開く。

春先とはいえ、朝早くからぱんを焼いていたので、二人とも汗みずくになって一度着替えた。それでも、そこそこの間口の見世を借りられたから、奥の台所を出れば吹き抜ける風は清らかだ。周りに寺院が多いためだろう。夏ともなれば、木々で歌う蟬の声がきっと心地よいはずだ。

「ねえ、いまのうちに朝餉《あさげ》を食べちゃって！　喜助さん」

焼きたてのぱんを入れたざるを抱えて店表までやってきたおりんが、あっと気づいたように苦笑した。

「いけない。今日から喜十郎《きじゅうろう》さんだったわね」

「いや……やっぱり喜助に戻そうかな。据わりが悪いよ」

「なあに言ってるの。すぐに慣れるわよ」

「そうかな……」

眉《まゆ》を八の字に下げた店主、喜十郎は、情けない声を出しながらぱんを棚に並べていく。見世を構えるからにはそれらしい名を、と思いはしたものの、張りぼての虎が吠《ほ》えているような滑稽《こっけい》さすら感じてしまう。相変わらずの幼顔で、おりんの夫なのに弟にしか見られないということもある。

そう、二人は先日祝言を挙げた。見世の用意をしながらだったので、どたばたが二つ重なって目が回るほど忙しかった。それでも、借りたばかりの見世の二階に集まってくれた人たち——遠来の家族、義父となる長兵衛、長崎に帰った冥丹先生からの祝いの文を持ってきてくれた清吉、仲人《なこうど》を頼んだ春斎先生、それに新太は、嬉《うれ》しいことが二つ重なったと大いに喜んでくれて、なによりありがたかった。

「旦那《だんな》さま、外に幟《のぼり》を立ててまいりました」

そろそろ声が大人のものに落ち着いてきた新太が、元気に言いながら入ってきた。それにしても、また背が伸びたので、ついに喜十郎は追い抜かれてしまった。いつかの桜の季節、ちょこちょこと自分についてきた姿が夢幻のようでもある。どこまで大きくなるのか、楽しみだ。

あの大火事のあと、心も懐もすっからかんになり、長屋で呆《ほう》けていた当時の喜助のもとに、この新太は訪ねてきた。なんでも、丸焼けになった樺屋は再起を図るため、望む者に暇を出すことにしたのだという。新太はいの一番に手を挙げ、有明長屋へ走ってきた。そして、こんなことを言ったのだ。

「喜助さん、読売を見ていないんで？　焼け跡で例のどうなつ屋がふわふわしたうまいものを配り歩いていると、江戸中の評判ですよ」

新太が握りしめてきた読売には、「さくさくが　火事にて化けし　ふわふわの味ぞ求めて　千客まみえ」という下手な落書《らくしょ》が書かれていた。

「おいおい、これは言い過ぎだよ。みんな大変なときにここまで来るわけないんだから」

喜助は力なくそう笑ったが、その日からちらほらと、寿徳院の境内で自分を探す人に出くわすこととなった。

「あの茶色いふわふわを購《あがな》いにきたよ。なに、売ってないのかい？」

「孫がまたあれを食いたいとうるさいんだよ。早く売っておくれでないかい」

少しずつ、人々の暮らしが立ち直るにつれ、ぱんの味を思い出してくれたようだった。意想外なことに、評判を聞いた札差から、「見世を出すならいくらか融通する」という申し出まであった。

そういった声に少しずつ後押しされるようにして、喜助は長屋から出て歩きはじめた。あまりの出来事、そして疲れから最初はふらついていた足どりだったが、いつしか隣にはおりんと新太が立ち、両側から引っぱってくれていた。ついには、浅草寺の正面、田原町三丁目へ新たに普請される見世の借主がまだ決まっていないことをおりんが聞きつけてきて、誰かに借りられる前に借りてしまおうと決めた。そこへ越せるのは年が明けてからだ。

おりんと長兵衛のゐの屋も、動きはじめた。焼け跡に簡素な小屋掛けをして暮らしはじめた父娘《おやこ》のもとに、樺屋の六兵衛が突然来て油を置いていこうとしたのは、まわりの普請もだいぶ進んできたころだ。

油を購えなくなってしまったことを、奉行所に訴える用意をしていたものの、火事でそれどころではなくなっていた。そもそも、樺屋も近在の油屋もみな丸焼けで、これから長兵衛が天ぷらを揚げることができるのかもわからない。

そんなときにどういう風の吹きまわしだとおりんが言い募ったが、やつれた彼は頭を下げて詫《わ》びるばかりだったという。それほどまでに再起が苦しいのかと思えば、おりんも鬼になりきれない。「もう喜助さんの邪魔をしないでおくれ」と頼み、油を購った。

ゐの屋の屋台は焼けてしまったが、喜助のもとにはまだそれがあった。話し合い、長兵衛とおりんが有明長屋に引っ越して、喜助と新太は年明けまで近くの部屋を借りることにした。同じ屋台で、朝は喜助と新太がどうなつを、昼はおりんと長兵衛が天ぷらを揚げる日々だ。

長兵衛は暮らしが変わることにいやな顔も——もちろんだがよい顔もせず、その日からまた黙々と天ぷらを揚げはじめた。自分にはこれしかないと決めているようで、揚げたてのからっと、ふわっとうまい魚は一片の迷いも感じさせなかった。再び棒手振《ぼてふ》りの日々に戻りながらも、長兵衛のようになりたいと、喜助はひそかに思った。

見世を開く用意は、艱難辛苦《かんなんしんく》をきわめた。小麦を調達して粉にする道筋は、平十郎がつけてくれたものを使わせてもらった。将来、さらに多くの小麦が入用になるときは、名産地である上州《じょうしゅう》の問屋を訪ねろとも言われていた。それでも、毎日十分な量のぱんを、それもうまくて安心なものを作るには、いくつもの邪魔があった。

じつは、ぱんは誰にでも歓迎されたわけではない。わけても商いとなれば競い合う立場になる米問屋たちへの説得には骨が折れた。ぱんの評判が大火事で一人歩きしてしまい、災害のときに名を売り、米に取って代わる気だろうと余計な勘繰りをする者が現れたのだ。ぱんと米は相対するものではなく、それぞれが不足するときに補い合える関わりであればいい、と喜助がいくら説こうとも、いつもかような状況であるはずもない。平時には米を追いやる気ではないかと、一部の問屋は疑心暗鬼になっていた。

べつに米問屋の株仲間に入れてもらうわけでもなし、勝手に始めればいいとおりんは言うのだが、喜助は先般油問屋にやられた仕打ちが身にしみていた。いつどんなことが起きるかわかったものではないと思い、足繁く米問屋の寄り合いに出かけていった。三月も経つころには、焼け跡の普請が進むにつれて疑心の熱も冷めていき、なんとなく「構いなし」の空気が出てきたので、喜助はようやくほっとすることができた。懐事情のせいではあるが、大火事のあとですぐに見世を開かなかったのも幸いだったようだ。大波のあとには必ず揺り返しがくる。火事を踏み台にして名を売ったと思われてはたまらない。

年が明け、新築の見世におりんと新太と移ってからも、やることは山ほどあった。まず、前もって約束していた今戸の職人に、ぱんを焼く竈《かまど》を三つ作ってもらった。焼き芋の竈と同じものだ。その中に仕込む鉄鍋《てつなべ》の蓋《ふた》こそが、格別に頼んであったものので、中に炭団《たどん》を入れて焼けるようになっている。上と下から熱を加え、早く香ばしく焼き上がる仕組みだ。

だが、前に川越でもやっていたこととはいえ、あのときはとにかく急いでいたから味も出来栄えも二の次だった。三人で幾度も練習し、味の塩梅《あんばい》、焼き加減から売値までもすべて決められたのは、見世開き間際のことだ。

一度膨れた生地をまた捏《こ》ね、さらに置いてから小分けにすれば風味がよくなることに気づいたのはおりんだ。夜までに生地を捏ねておき、朝早く起きてからまた捏ね、しばらくしてから焼けば見世開きのころに焼きたてを出せる。そんな順番を組み立ててくれた。

焼いていくうち、気がついたこともある。はじめは竈に薄く油を敷いていたのだが、幾度も試すうちに油がなくともくっつかずにぱんを焼けるようになっていた。竈のほうがなじんでくれたのだろう。おかげでぱんの食感がさらに軽くなった。

さらに練習し、焼く前の生地には一文字の切れ込みを入れてみることとした。そのほうが焼いたときに水気が抜けて風味がよくなると、おりんも新太も言うし、まずはこれで見世に出してみることとする。

まだまだ工夫しだいでうまくなるだろう、と喜助は感じる。むしろ、思案して試すことそのものが面白いと気づきはじめていた。値は、さすがに手間やもろもろの掛かりを考えると一つ四文にはできず、六文となってしまったが、商いがうまくいけば見直せるかもしれない。それも楽しみだ。

祝言の日取りも迫っていたし、もうこれで十分だろうと思っていた喜助だったが、おりんが承服しなかった。以前喜助が話した、客の体のことを覚えていたようであった。

「食べた人の体の巡り。それが悪くならないものを作りたい」

そんなことを言い、若夫婦に遠慮したのか――はたまた頑固を通すつもりか、有明長屋に一人残って黙々と天ぷらを揚げている長兵衛に、なにか話しにいった。

そうしてできあがったのが、半身に割ったぱんに塩を振った魚の天ぷらを挟んだもので、おりんは単刀直入に「天ぱん」と名づけた。長兵衛が天ぷらを揚げはじめる昼ごろから出す品ではあるが、確かにこれならば食べごたえもあるしうまい。売れ行きを見ながら品数を増やしていきたいところだが、どうなるか。

「秩父屋さんが言っていた、杏子《あんず》の砂糖漬けを混ぜて焼いたぱん、というのもいずれ試したいな」

見世開きまであとわずか。壁ぎわの棚にずらりと並ぶぱんを眺めながら、喜十郎が呟《つぶや》いた。誰に向けたものでもなかったが、近くにいたおりんと新太はふと手を止め、頷《うなず》いてくれる。

誰よりもこの見世を見てもらいたかった。一緒にぱんを焼いてくれるこの人と、夫婦になった姿も。

秩父屋の主人平十郎は、あの大火の一月後、心の臓に発作を起こして彼岸の人となった。

もとより、心の臓に病を抱えていたらしい。両親と祖父も五十を待たずに同じ病で身罷《みまか》っていたし、自らも数年前に発作を起こしかけて休んでいた時期があったとは、あとから聞いた話だ。そのとき、平十郎は己《おの》が行く末を考えたらしい。商いで成功し、人の縁にも恵まれた。そして、もう一つ。のちの世になにが残せるのかと。

長崎に行ったのも、決して道楽ではなかった。彼もまた、そこで商いの――最後の種を探していたのだ。そして、ぱん屋を開きたいという若者に出会った。確かに平十郎がぱん屋を商うこともできただろうが、長い時をかけて江戸中、日本中にそれを広めるには、自分の寿命ではとうてい足りないと悟っていたのだと思う。だから、若い者に望みをつないだ。なかなかぱんができなければ焦り、急かすようなことを言ったりもした。

あの大火のとき、平十郎は己が寿命を見定めていた。一心不乱に動き回る姿には、どこか鬼気迫るものがあった。川越の河岸から江戸へ向かう若者を見送るとき、平十郎は言ったのだった。

「喜助さん、こたびの借財を返すのはいつでもよい。火事のあとで、おぬしは見世を開くことだけを考えよ。それだけは忘れてくれるなよ」

増水した川へ、ひと思いに流れていく小舟。それを戦場《いくさば》に立つ厳しくも凛々《りり》しい瞳《ひとみ》で、大商人はひたと見据えていた。


「おお、間に合ったか」

呑気《のんき》な声とともに、見世先に顔を出した黒衣の僧形は、清吉だった。

いや、先般無事に医者として独り立ちし、師匠二人の名前をもらって言藤清丹《せいたん》と名乗りはじめたのだった。少しおかしな名だが、本人は「当たり前の名前じゃあつまらねえ」と嘯《うそぶ》き、春斎先生の縄張りを荒らすべく、すぐ近くの不忍池のほとりに庵《いおり》を結んでいる。

「なあんだ。幟《のぼり》も暖簾《のれん》もしっかりできているじゃねえか。これじゃあ本当に見世みたいだ」

「本当に見世を開くんだよ。残念そうな顔をするな。なんの用だ？」

相変わらずの軽口を叩《たた》きあいながら、喜十郎は友人が手にしたものを見る。筒状に丸められたそれを清丹が開くと、中から面妖《めんよう》な墨絵が現れ出た。

「なんだ、これは？」

一人の男が、両手に持った蒲焼《かばや》きの皿をじっと見つめている。その傍らには、てっぺんにおかめの面を据えた五重塔。

「判じ絵さ。店表《たなおもて》に飾っておけ。俺からの祝いの気持ちだ」

いくら気持ちがこもっていようと、わからなければただの落書きだ。笑いながら突き返すべきか、それとも一応もらっておくべきか。喜十郎がうなっていると――。

「わかった。こっちのは『お面』と『塔』で『おめでとう』ね。よくあるやつよ」

とおりんが笑って当てた。

「そのとおり。もう一方のは、背開きにした鰻《うなぎ》を見ているから『見、背開き』で『みせびらき』。二つ合わせて『見世開きおめでとう』となる」

確かに関東の鰻は、武士の切腹を思わせるからと背開きではあるが。したり顔でそんなことを言うものだから、なにか言い返したくなって、喜十郎は肘《ひじ》で友人を小突いた。

「さすがは平賀源内だな。だが、これでは蒲焼き屋が開くと思われるではないか」

「これはしたり。では、こんなのでどうだ」

帳場の筆を勝手に取り、絵に大きく輪を描いた。

「ぱんの形だ。それとともに、すべてが丸くおさまる」

「ますますわからん。それに、どうなつのときと同じことを言っている」

「よいことはなんべん言ったって構わねえだろう」

そんな軽口に合わせるようにして、朝一番の鐘が鳴った。

見世開きの時が来たのだ。

浅草の鐘は格別だ。体のすみずみにまで行きわたる音が、心配ごとも邪気もすべて祓《はら》ってくれるような気がする。

清丹の判じ絵を入口あたりのよく目立つ壁に貼ると、喜十郎は一歩、見世の外へと踏み出した。おりんと新太が並び、二、三歩離れたところに清丹も立っている。

真新しい藍《あい》染めの暖簾と幟が日射《ひざ》しを享《う》けてはためく。見世開きを待つ知った顔たちが、何人も集まってきていた。

恩人からもらった名を胸に、喜十郎は大切な人たちと往来を、空を見る。

すっかり明けた江戸の朝は、今日も少し埃《ほこり》っぽくて、眩《まぶ》しくて、焼きたてのぱんの香りが心の奥までしみ込んでくる。

みなで声を合わせ、始まりを告げた。

「いらっしゃい」

主な参考文献

『定本　武江年表（中）』斎藤月岑 著、今井金吾 校訂（ちくま学芸文庫）
『ドゥーフ日本回想録　新異国叢書 第Ⅲ輯10』ヘンドリック ドゥーフ 著、永積洋子 訳（丸善雄松堂）
『長崎出島　オランダ異国事情』西 和夫（角川叢書）
『すし　天ぷら　蕎麦　うなぎ　―江戸四大名物食の誕生』飯野亮一（ちくま学芸文庫）
『都市　江戸に生きる　シリーズ日本近世史④』吉田伸之（岩波新書）
『大江戸商い白書――数量分析が解き明かす商人の真実』山室恭子（講談社選書メチエ）
『パンの科学　しあわせな香りと食感の秘密』吉野精一（講談社ブルーバックス）
「幻の甘味料あまづら（甘葛）の再現実験」奈良女子大学「文化史総合演習」チーム
(https://www.nara-wu.ac.jp/grad-GP-life/bunkashi_hp/amadzura/amadzura_hp.html)

このほか、「野村胡堂・あらえびす記念館」の千葉茉耶さんに貴重なアドバイスをいただきました。
御礼申し上げます。

本書は書き下ろしです。

大江戸《おおえど》ぱん屋事始《やことはじめ》

大平《おおひら》しおり

令和6年　3月25日　初版発行

発行者●山下直久

発行●株式会社KADOKAWA
〒102-8177　東京都千代田区富士見2-13-3
電話　0570-002-301（ナビダイヤル）

角川文庫 24099

印刷所●株式会社暁印刷
製本所●本間製本株式会社

表紙画●和田三造

●お問い合わせ
https://www.kadokawa.co.jp/（「お問い合わせ」へお進みください）
※内容によっては、お答えできない場合があります。
※サポートは日本国内のみとさせていただきます。
※Japanese text only

ISBN 978-4-04-114381-0　C0193

◇◇◇

角川文庫発刊に際して

角川源義

第二次世界大戦の敗北は、軍事力の敗北であった以上に、私たちの若い文化力の敗退であった。私たちの文化が戦争に対して如何に無力であり、単なるあだ花に過ぎなかったかを、私たちは身を以て体験し痛感した。西洋近代文化の摂取にとって、明治以後八十年の歳月は決して短かすぎたとは言えない。にもかかわらず、近代文化の伝統を確立し、自由な批判と柔軟な良識に富む文化層として自らを形成することに私たちは失敗して来た。そしてこれは、各層への文化の普及滲透を任務とする出版人の責任でもあった。

一九四五年以来、私たちは再び振出しに戻り、第一歩から踏み出すことを余儀なくされた。これは大きな不幸ではあるが、反面、これまでの混沌・未熟・歪曲の中にあった我が国の文化に秩序と確たる基礎を齎らすためには絶好の機会でもある。角川書店は、このような祖国の文化的危機にあたり、微力をも顧みず再建の礎石たるべき抱負と決意とをもって出発したが、ここに創立以来の念願を果すべく角川文庫を発刊する。これまで刊行されたあらゆる全集叢書文庫類の長所と短所とを検討し、古今東西の不朽の典籍を、良心的編集のもとに、廉価に、そして書架にふさわしい美本として、多くのひとびとに提供しようとする。しかし私たちは徒らに百科全書的な知識のジレッタントを作ることを目的とせず、あくまで祖国の文化に秩序と再建への道を示し、この文庫を角川書店の栄ある事業として、今後永久に継続発展せしめ、学芸と教養との殿堂として大成せんことを期したい。多くの読書子の愛情ある忠言と支持とによって、この希望と抱負とを完遂せしめられんことを願う。

一九四九年五月三日

角川文庫ベストセラー

恋文屋さんのごほうび酒　神楽坂　淳

代書屋に勤める手鞠は、よく恋文の依頼を受けることから、「恋文屋」と呼ばれていた。他人の恋を叶えても、自分には良縁が巡ってこない。風変わりな依頼に巻き込まれがちな手鞠は、今日も疲れを酒で癒やす。

はなの味ごよみ　高田在子

鎌倉で畑の手伝いをして暮らす「はな」。器量よしで働きものの彼女の元に、良太と名乗る男が転がり込んできた。なんでも旅で追い剝ぎにあったらしい。だが良太はある日、忽然と姿を消してしまう——。

はなの味ごよみ
願かけ鍋　高田在子

鎌倉から失踪した夫を捜して江戸へやってきたはなは、一膳飯屋の「喜楽屋」で働くことになった。ある日、乾物屋の卯太郎が、店先に幽霊が出るという噂で困っているという相談を持ちかけてきたが——。

いも殿さま　土橋章宏

幕府勘定方に勤める旗本、井戸平左衛門は引退をした後の、隠居生活を楽しみにしていた。だが、隠居届けを出そうとしたその日、異動を命じられることに。向かった先は、飢饉に喘ぐ悲惨な土地だった——。

江戸城　御掃除之者！　平谷美樹

江戸城の掃除を担当する御掃除之者の組頭・山野小左衛門は極秘任務・大奥の掃除を命じられる。精鋭7名で乗り込むが、部屋の前には掃除を邪魔する防衛線が築かれており……大江戸お掃除戦線、異状アリ！

角川文庫ベストセラー

よこやり清左衛門仕置帳　平谷美樹

天保十二年師走、火付け犯として材木問屋の手代が捕らえられた。手代は無実を訴える一方で、挙動が落ち着かない。鍵番清左衛門は真犯人が別にいると踏み、与力や同心によこやりを入れ独自探索を始める——。

ずくなし半左事件簿　吉橋通夫

父の跡を継ぎ郡方見習い同心になった半左は早くも逃げ出したい気持ちでいっぱいだった。信越国境の調査に行くことになったのだ。「ずくなし」（臆病者）のひよっこ同心は、無事に任務を遂行できるのか⁉

早替わりで候音次郎　よんどころなき事件帖　吉橋通夫

元旗本次男坊の草二郎は、「中村音次郎」の名で舞台にあがり、女形として評判をとっている。ある日、勘定吟味役の兄が急死したとの報が。真相究明に乗り出す中、やがて事件は幕閣の政争にまで辿り着く……。

編み物ざむらい　横山起也

凸橋家から召し放たれ、勘当されてしまった感九郎。得意の手芸能力が役立ち、ひょんなことから異能集団の「仕組み」を手伝ううち、召し放ちのきっかけを作った人物に接近する。その正体とは⁉

ばけたま長屋　輪渡颯介

女の幽霊が出るという長屋に引っ越してきてしまった指物師の弦次は、同じ長屋の先輩住人の三五郎、町絵師の朔天とともに、さまざまな幽霊事件に巻き込まれる羽目に。お江戸下町なぞとき物語！